HELMUT ZÖPFL

Zeit für Herzlichkeit

HERBIG

Umschlaggestaltung: Christel Aumann, München
Umschlagfoto: Ellis Kaut, München
Satz: Fotosatz-Service Weihrauch, Würzburg
Gesetzt aus: 10/12 Punkt Berthold Garamond
Druck: Jos. C. Huber KG, Dießen
Binden: Thomas Buchbinderei, Augsburg
Printed in Germany
ISBN 3-7766-1769-1

Inhalt

Vom Geist der Gegenwart

Bummel auf dem Jahrmarkt der Sprache

Genauerer Blick in die Welt

Dem Glück eine Chance

Gerade war der Himmel grau.
Da zeigt sich ein ganz kleines Blau.
Die Wolken ziehen sich zurück.
Die Sonne strahlt als Gruß vom Glück.

Ein Regenbogen kündet bunt:
Du hast zur Freude allen Grund.
Und ich weiß plötzlich ganz genau:
Auch hinter Wolken wohnt das Blau.

Ein kleiner Gruß vom großen Glück
ist oftmals nur ein Augenblick,
in dem du anfängst zu verstehn:
Die Welt ist schön.

Gib dem Leben eine Chance

Triffst du mal auf einen Menschen,
den du einfach Fremder nennst,
denk, vielleicht ist das ein Freund da,
den du nur bis jetzt nicht kennst.

Wo wir Freude als Trumpf ausspielen,
macht der Ärger keinen Stich.
Wer der Sonne geht entgegen,
läßt den Schatten hinter sich.

Sieh das viele Schöne, Gute,
laß dich auf Begegnung ein!
Gib dem Leben eine Chance,
laß die Freude in dich rein!

Jedem Tag in deinem Leben,
wenn er fängt frühmorgens an,
solltest du die Chance geben,
daß er zum schönsten werden kann.

Modernes Glück

Glück, dieses kurze Wort ist vielleicht das wichtigste für den Menschen. All unser Handeln, all unser Streben kreist irgendwie um diesen Begriff, und irgendwie ist er ausgesprochener- oder unausgesprochenerweise das ständige Ziel unseres Bemühens: »Glücklich leben«, meint schon Seneca, »will jedermann. Aber was zu einem solchen glücklichen Leben gehört, das ist den meisten unklar und verborgen.« Natürlich weiß auch die moderne Werbung, daß der Mensch glücklich sein will und stimmt darauf letztendlich ihre Bemühungen ab. Vieles in der Werbung läßt sich auf den einen Nenner bringen: »Kaufe mein Produkt und du wirst glücklich.« Alle Firmen scheinen sich eigentlich nur darin einig, daß sie sich bemühen, uns glücklich zu machen. Etwas ironisch ausgedrückt schaut das dann so aus: Sie züchten eigens glückliche Kühe, damit ich eine glückliche Milch zum Kaffee bekomm, um glücklich zu sein. Ich habe durchaus Verständnis, daß Werbung und Reklame ihre Produkte an den Mann bringen wollen, möchte aber zu ein paar kritischen Fragen dem uns ständig suggerierten Glücksbild gegenüber aufrufen. Wer sich einige Zeit intensiv den Werbespots gewidmet hat, wird nämlich feststellen, daß hier ein paar recht fragwürdige Ideologien verkündet werden. Zunächst einmal ist im weitesten Sinn das Glück immer ein *junges* Glück. Das »Junge«, »Tatkräftige«, »Dynamische«, »Erotische« usw. ist das Symbol des Glücks. Glück ist, von ein paar Spots abgesehen, in denen auch fröhliche Großeltern vorkommen, weitestgehend nur in der Jugend angesiedelt.

Wesentlich gefährlicher scheint mir noch die Ansicht zu sein, daß Glück etwas *Käufliches* sei. Man erwirbt sich dieses oder jenes Produkt und pachtet sich das Glück. Ja, aber wer ist schon so naiv, könnte man argumentieren, und glaubt diesen Sprüchen? Wer nimmt überhaupt die Werbung so ernst? Leider muß man, gerade was Kinder und Jugendliche anbetrifft, hier widersprechen. Wir haben in einer kleinen Untersuchung festgestellt, wie entscheidend die Werbung die Wünsche von Kindern beeinflußt. Wie verkehrt wäre es angesichts dieser Tatsachen, von seiten der Eltern oder der Schule, auf Erziehung weitgehend zu verzichten, im Aberglauben, das Kind würde schon von selber zur richtigen Einsicht kommen. Die Erziehung kann es sich nicht mehr leisten – konnte es sich womöglich aber auch noch nie leisten –, auf eine vernünftige Auseinandersetzung des Menschen mit dem Glück hinzuweisen. Das verkehrteste wäre eine einseitige Tabuisierung und Warnung vor der Werbung. Im Sinne einer »positiven Offensive« halte ich es für vorrangig, zunächst einmal auf Glück bzw. Glücksmomente hin zu sensibilisieren. Da gibt es eine Reihe von Aussagen, die von einem mit einem gesunden Menschenverstand und einem natürlichen

Gespür ausgestatteten Erzieher ohne weiteres umgesetzt und nahegebracht werden können. Carmen Sylva sagt: »Das Glück ist nicht in einem ewig lachenden Himmel zu suchen, sondern in ganz feinen Kleinigkeiten, aus denen wir unser Leben zurechtzimmern.« Gehört es nicht zu den wichtigsten Aufgaben der Erziehung, für die *kleinen* Glücksmomente, für das *kleine* Glück empfänglich zu machen? Wer sich also ständig nur in Bereitschaft hält, glücklich zu werden, vergibt die Chance, es jemals zu sein. Entgegen dem Irrglauben, Glück kaufen, machen oder nur passiv erwarten zu können, ist es notwendig, darauf hinzuweisen, daß man schon das Seine dazu beitragen kann, damit Glück eine Chance bekommt anzukommen. Wir müssen versuchen, unsere eigenen Glückserfahrungen zwar nicht zu übertragen, aber irgendwie weiterzugeben, und uns vielleicht Möglichkeiten überlegen, wie man Glück weiterschenken kann. Denn nach einem Sprichwort ist ja Glück das Einzige, das wir schenken können, ohne es zu haben. »Glück ist Liebe, nichts anderes, wer lieben kann ist glücklich« (Hermann Hesse).

Wer die eingangs zitierten Aussagen ernst nimmt, daß Glück der Sinn unseres Daseins ist, kommt nicht daran vorbei, gegen eine heute herrschende Kommunikationslosigkeit und einen immer mehr sich ausbreitenden Egoismus etwas zu unternehmen. Eine der wichtigsten Aufgaben wird es aber sein, die Erzieher wieder etwas mehr in die Verantwortung zu nehmen und auf das Recht des Kindes auf sein Glücklichsein-Dürfen im Augenblick aufmerksam zu machen. Es scheint mir eine große Gefahr zu sein, daß »besorgte« Eltern ihre Kinder immer früher auf das Später vorbereiten und ihnen damit die Zeit nehmen, Glück zu erfahren, eine glückliche Zeit zu erleben, auf die man notwendigerweise aufbauen muß, wenn man es später weiterbringen will. Die vermeintlich gute Absicht, Kinder *später* glücklich zu machen, darf nicht dazu führen, daß man ihm seine Kindheit nimmt. Wie meint A. Wickenberg so treffend:

»Den meisten gilt an späten Tagen
als Inbegriff des Glücks das Kind.
Sie wissen, daß sie glücklich waren,
erst dann, wenn sie es nicht mehr sind!«

Bildergalerie

Sicher hast du schon gesehen
an den Wänden von Museen
Bilder hängen, die man dann
voll Bewunderung anschaun kann.
»Dieses Bild«, erzählt der Führer,
»stammt von Rubens, dies von Dürer.
Einmalig ist's auf der Welt,
und es kostet viel, viel Geld.«
Hast du dieses nun vernommen,
ist dir in den Sinn gekommen
vielleicht: wenn ich hätt'
doch auch eine Rarität!
Hinge doch in meinem Zimmer
so ein Bild, das ich dann immer
anschaun könnt' und das allein
mir gehört. Ach wär' eins mein!
Sicher kann man solchen Träumen
hin und wieder Zeit einräumen,
doch sie werden, ist ganz klar,
wirklich selten jemals wahr.
Darum möcht' ich dir fürs Leben
einen guten Ratschlag geben:
Schaff dir selber sowas wie
eine Bildergalerie!

Einen Tag verbring mit Freude.
Übermorgen, morgen, heute,
spiele, scherze, singe, lach
oder lies und denk mal nach,
mach dir heiter-frohe Stunden
und mal' sie dir dann mit bunten
wunderschönen Farben aus!
Mach dir so ein Bild daraus,
denk dir rundum einen Rahmen,
gib dem Bild noch einen Namen,
und das Ganze hänge drauf
gut in dem Gedächtnis auf!
Mach das öfters, du wirst sehen,
nicht einmal in den Museen
gibt es eine so wie die:
deine eigne Galerie.
Außerdem, du kannst mir trauen,
kann die Bilder niemand klauen.
Niemand gibt's, der sie zerstört.
Und sie sind von größtem Wert,
wirklich echte Kostbarkeiten,
Originale, Seltenheiten.
Freu dich, daß du beides bist:
Maler und auch Galerist.

Wer die Menschen für gut hält, macht sie besser

Kennen Sie die schönen Sprüche, die gerade in Mode sind, wie »Lieber Gold in der Kehle als Silber im Blick«, »Lieber Haar in der Suppe als Suppe im Haar«, »Lieber 100 DM im Safe als 100 000 im Eimer«, »Lieber einen Koffer in Berlin als einen Führerschein in Flensburg«, »Lieber Rosinen im Kopf als Haare im Kuchen«, »Lieber den Schalk im Nacken als die Faust im Genick«, »Lieber eine Fünf in Mathematik als gar keine persönliche Note«, usw. usf.

Gott sei Dank, möchte ich sagen, sind diese Sprüche wieder stärker in Mode gekommen als jene Unheilssprüche, die man noch vor Jahr und Tag an die Wände sprühte und an alle möglichen oder unmöglichen Stellen hinkritzelte. Auch wenn man ihnen keine zu tiefsinnige Bedeutung beimessen will, muß man doch sagen, daß hier wieder eine positivere Lebenseinstellung spürbar ist als da, wo man die Welt nur grau in grau malte und nur das ernst genommen wurde, was von einem unmittelbar bevorstehenden Weltuntergang kündigte. Gewiß, in diesen kleinen Sprüchen taucht vielleicht auch so etwas Ähnliches wie Galgenhumor auf, aber für diesen Galgenhumor braucht es zumindestens schon mehr Welterfahrung und Weltverständnis als da, wo man die Welt als Ganzes von vornherein ablehnt oder sie als die schlechteste aller möglichen betrachtet. Die schlechteste aller Weltanschauungen ist nämlich die, wenn man die Welt überhaupt nicht angeschaut hat. Und man muß auch nicht meinen, schon eine Weltanschauung zu besitzen, wenn man nur kurz einmal auf den Globus geschielt hat.

Es wäre sicher unkritisch, wollte man den Optimisten als denjenigen bezeichnen, der die Welt allein richtig sieht. Sie wissen ja, »der Optimist glaubt, daß wir in der besten aller möglichen Welten leben, und der Pessimist befürchtet, daß das stimmt« (Friedrich Joloff). Oder: »Ein Optimist ist ein Mensch, der ohne Geld in der Tasche Austern bestellt – in der Hoffnung, von den gefundenen Perlen die Zeche bezahlen zu können« (Ugo Tognazzi).

Sicher muß man in einer gewissen Weise auch John B. Priestley recht geben, der sagt: »Ein Optimist ist in der Regel ein Zeitgenosse, der ungenügend informiert ist.« Aber hat auch nicht Jean Marsac recht, wenn er vom Pessimisten sagt: »Der Pessimist ist der Mensch, der sein Leben lang zittert, daß der Optimist recht haben könnte.« Eines aber ist wohl sicher, wer nur ständig den Kopf hängen läßt, sieht selten recht viel, und wer verbessern will, muß auch einmal ein frohes Lied auf den Lippen haben und nicht nur Trübsal blasen. Wer aber gar erziehen will, der darf die Welt und die Menschen nicht von ihrer schlechtesten Seite her betrachten. Im Gegenteil: »Wer die Menschen für gut hält, macht sie besser«, stellt Helen Keller fest.

Die Welt ist weder eine total heile noch eine absolut unheile. Hans Habe meint: »Die Welt ist zu einem Prozent gut, zu einem Prozent schlecht und zu 98 Prozent neutral. Deshalb kommt es darauf an, was jeder einzelne tut.« Treibstoff für dieses Tun liefert aber garantiert nicht die Resignation, sondern das Bemühen, in allem wieder etwas Gutes zu sehen. Wie heißt der weise Spruch, den man leider viel zu wenig hört: »Ein seltener Schaden, wo nicht auch ein Nutzen dabei ist.« Und sogar dem Haarausfall kann man seine positiven Seiten abgewinnen, wie das so schön in einem Spruch in einem Friseurladen zu lesen ist: »Ärgern Sie sich nicht, wenn Ihnen die Haare ausfallen. Stellen Sie sich vor, sie müßten gezogen werden wie Zähne.« Im übrigen ist wohl der gescheiteste Spruch über Optimismus und Pessimismus der von Charly Rivel: »Der Optimist hat nicht weniger oft unrecht als der Pessimist, aber er lebt froher.« Und das, so meine ich, spricht doch wohl eher für eine optimistische Weltanschauung.

Reise-Entdeckungen

In Athen alte Tempel und Säulen
und nicht zu vergessen natürlich die Eulen.
In Italien unter anderm in Pisa
den schiefen Turm, in Paris die Mona Lisa,
in Arabien drüben Basar und Moscheen,
in Finnland Rentiere, Lappen und Seen;
in China ganz klar die Chinesische Mauer,
in London den Nebel, Big Ben und den Tower,
in Ceylon im Tempel der Eckzahn von Buddha,
den Ganges, den heiligen Fluß, in Kalkutta.
... Auf Reisen kann man an sämtlichen Ecken,
wo man hinschaut, viel Interessantes entdecken.
Doch die beste Entdeckungsreise gewiß,
auch wenn's bloß in der Nähe wo ist,
noch immer wohl derjenige macht,
der die Welt mit frohen Augen betracht'.

Der Besitz soll nicht den Menschen haben

Angelus Silesius meint: »Mensch werde wesentlich, denn wenn der Schein vergeht, so fällt der Zufall weg, das Wesen, das besteht.«

Andreas Gryphius, der große Barockdichter, spricht in diesem Zusammenhang immer von der »Vanitas« des Menschen. Für das Wort »vanus« lernten wir damals die Bedeutung eitel, leer, nichtig. Sollten wir uns nicht wenigstens hin und wieder gefragt haben, was alles unter diese Kategorie fällt und wie oft uns unsere Eitelkeit dazu verführt, etwas haben zu wollen, das wir eigentlich überhaupt nicht brauchen? Da gibt es jene bedeutungsvolle Erzählung von dem Hüterbuben, der nach einem Stadtbesuch wieder zurückgekehrt meinte: »Mei, ist das schön, daß ich in den Auslagen so viel Sachen gsehn hab, die ich überhaupt nicht brauch.«

Die erste Hälfte unseres Lebens, so lautet ein netter Spruch, setzen wir unsere Gesundheit aufs Spiel, um das Geld zu erwerben, das notwendig ist, um Arzt und Medikamente zu kaufen, damit wir unsere Gesundheit wieder zurückgewinnen. Der bekannte französische Philosoph Gabriel Marcel hat ein Buch geschrieben mit dem Titel »Sein und Haben«. Merkwürdigerweise tendiert der Mensch immer mehr zum Haben als zum Sein. So sagt schon Laotse: »An

Haben gewinnen, heißt an Sein verlieren.« Vielleicht gehört es zu den wichtigsten Erkenntnissen des menschlichen Lebens, daß man eben nicht alles haben kann, sondern sich bescheiden muß. Daß es vielleicht auch ganz gut ist, nicht immer das sofort zu bekommen, was man haben will. Zu Recht meint Dieter Hildebrandt: »Statt zu klagen, daß wir nicht alles haben, was wir wollen, sollten wir lieber dafür dankbar sein, daß wir nicht alles bekommen, was wir verdienen.«

Die rechte Einstellung zum Haben ist, wie ich meine, Voraussetzung für eine Tugend, die wir in unserer Zeit ein wenig aus den Augen verloren haben, die Zufriedenheit. Ist nicht gerade die Haltung des modernen Menschen die, immer mehr zu fordern, was ihm zusteht, und darüber zu vergessen, wie vieles Geschenk ist, nicht zuletzt das größte Geschenk – unser Leben. Wie wichtig sind Heiterkeit und Humor fürs Leben! Meines Erachtens ist es Grundlage dieser Haltung, sich über die Vergänglichkeit allen Habens und Besitzens klar zu werden. Und da gibt es ein wunderschönes Wort: »Sag nie, ich habe etwas verloren, sondern ich habe es zurückgegeben!«

Grundsätzlich ist ja nun gegen das Besitzen und Haben nichts einzuwenden, wenn es nicht so weit kommt, daß der Besitz den Menschen hat. Aus dieser Haltung des Habenwollens entsteht dann eine der sogenannten Wurzelsünden, der Neid. »Nicht das Geld, der Neid regiert die Welt«, sagt Curt Goetz. Wieviel Schreckliches ist in der Geschichte der

Menschheit durch diesen Neid geschehen, weil man mehr haben bzw. mehr scheinen will als der andere.

Aber es gibt halt immer Leute, wie Alexander Solschenizyn sagt, die meinen, das Gras auf der anderen Seite des Zaunes sei grüner. Und deshalb wird der Neidische immer ärmer, wenn er andere reicher werden sieht. So sind also die Neider doppelt schlimm dran, denn sie ärgern sich über ihr eigenes Los, aber auch über das vermeintliche Glück der andern.

Vielleicht könnte die eigentliche Frage nach dem, was am Ende bleibt, auch Anlaß geben, über solche Anwandlungen von Neid nachzudenken. Bevor man ständig nach dem Besitz des andern schielt, wär's wohl besser, zunächst zu sich selber zu kommen. Und im übrigen sollte man den Spruch Eugen Roths bedenken:

»Oft führ man gern aus seiner Haut
doch wie man forschend um sich schaut,
erblickt man ringsum lauter Häute,
in die zu fahren auch nicht freute.«

Die Welt hält für uns all' bereit
ganz neue Chancen täglich,
doch dem, der nie etwas versucht,
scheint jedes Ding unmöglich.

Natur auch wieder mit Schöpfung gleichsetzen

Wie häufig, wenn etwas in der Krise ist, dann kommt es stärker ins Gespräch. Die Natur scheint in einer Krise zu sein, besser vielleicht ausgedrückt, die Menschen haben sie in die Krise gebracht. Das Wort Krise, aus dem Griechischen kommend, bedeutet eine gewisse Entscheidungssituation. Auf der einen Seite ein Gefahrenmoment, aber auch sobald man sich der besonderen Situation bewußt wird, eine gewisse Chance. Interessanterweise setzt sich auch im Chinesischen der Begriff, der für Krise verwendet wird, aus den Schriftzeichen für »Gefahr« und »gute Gelegenheit (Chance)« zusammen. Hat die Natur noch eine Chance, oder muß man Werner Mitsch recht geben, der einmal gesagt hat: »Früher haben die Menschen darüber nachgedacht, ob die Natur gut oder schlecht ist. Heute kann man feststellen, daß sie lediglich noch eines ist: kaputt.«

Die Chance scheint mir vor allem darin zu bestehen, daß wir, was den Begriff Natur anbelangt, wieder etwas umdenken, um nicht zu sagen, auch zurückdenken. Ich glaube nämlich, wenn man nach den Wurzeln unseres gegenwärtigen Natur- und Umweltdilemmas forscht, dann muß man die Ausformung einer Weltanschauung und einer Wissenschaft, die sich heute fast ausschließlich als Naturwissenschaft darstellt, neu überdenken, in der die Natur lediglich von ihrer Berechenbarkeit und Beherrschbarkeit verstanden wurde und eher als eine Maschine denn als lebendiger Organismus betrachtet wird.

Eine solche, auf eine berechenbare Größe verengte Naturbetrachtung beginnt eigentlich erst im 16. und 17. Jahrhundert. Vor 1500 betrachtete man bei uns und in anderen Zivilisationen Welt und Natur organisch. Da ist zum Beispiel in der griechischen Antike die Natur, die Physis, das Allumfassende, alles Einschließende, alles Hervorbringende. Sie ist das ewig Waltende, das Alte und immer wieder Neue. Menschliches und Göttliches sind lediglich besondere Erscheinungsformen der Natur, wie das Friedrich Schiller so großartig in dem Gedicht »Die Götter Griechenlands« beschreibt:

»Da der Dichtkunst malerische Hülle
sich noch lieblich um die Wahrheit wand! –
Durch die Schöpfung floß da Lebensfülle,
und, was nie empfinden wird, empfand.
An der Liebe Busen sie zu drücken,
gab man höhern Adel der Natur.
Alles wies den eingeweihten Blicken,
alles eines Gottes Spur.

Wo jetzt nur, wie unsere Weisen sagen,
seelenlos ein Feuerball sich dreht,
lenkte damals seinen goldenen Wagen
Helios in stiller Majestät.

Diese Höhen füllten Oreaden,
eine Dryas starb mit jenem Baum,
aus den Urnen lieblicher Najaden,
sprang der Ströme Silberschaum.

Natürlich wäre es unsinnig, das Rad der Geschichte zurückdrehen zu wollen und zu meinen, man könnte in diese griechische Welt noch einmal eintauchen. Vielleicht sollten wir unsere Augen aber ein wenig öffnen und darüber nachdenken, daß der Naturbegriff, auf den sich die Naturwissenschaft und Technik beschränkte, keineswegs der alleinige sein muß, daß die Natur mehr ist als das bloß in Zahlen Faßbare, das Machbare, die Materie, die einfach vorhanden und uns beliebig zur Hand ist. Vielleicht sollten wir uns wieder mehr als ein Teil der Natur verstehen und vielleicht sollten wir da und dort den Begriff der Natur auch wieder mit dem der Schöpfung gleichsetzen, den Wert des Ursprünglichen, noch nicht von Menschenhand Beeinflußten wieder mehr zu schätzen lernen, ein wenig von unserer engstirnig egoistisch anthropozentrischen Weltsicht abrücken, uns selber mehr als Teilhaber denn als Haber und Besitzer dieser Natur ansehen!

Eine moderne Physik hat auch den Glauben an eine absolute Berechenbarkeit der Natur erheblich ins Wanken gebracht. Wie wär's, wenn wir etwas mehr wieder über die Grenzen unseres Wissens und der Machbarkeit nachdächten?

Wer weiß, wo das Gestern wohnt

Im Kommen klingt von Anbeginn
schon auch ein Abschiedslied,
denn alle Zeit hat nur den Sinn,
daß kommend sie entflieht.

Und hielten wir der Zeiten Lauf
gern auf für kurze Zeit:
bedacht – ist jeder Augenblick
auch schon Vergangenheit.

Dein Leben ist nur wie ein Wort,
das in den Sand man schreibt.
Nach kurzer Zeit ist's schon verweht,
doch klag nicht, weil nichts bleibt.

Sag nicht, daß du's verloren hast,
beklag nicht dein Geschick.
Denk, alles ward dir nur geschenkt
und du gibst's nur zurück.

Geschenk ist alles, was da ist,
ist alles, was du hast,
im Hause, das sich Leben nennt.
Freu dich und sei sein Gast.

Eidechse auf Santorini

Sie hat Zeit,
Zeit seit Urzeit.
Durch sie glitt die Zeit
  ohne Spur.
Ihre Urahnin sah noch
stummstaunenden Auges
Menschenflucht vor quellender Lava,
tagdunkle Himmel.
Ihr erdiger Körper spürte
donnerndes Beben;
sie züngelte arglos
über erkaltende Vulkane,
über vergehend werdendes
Vergehen und Werden.
Über die Zeit,
durch die Zeit.
Älter als Gestein
war sie, was sie seiend sein wird,
  ein Husch
  aus der Ewigkeit.

Keine Zeit für die Zeit

Jetzt hat man ein Auto erfunden,
das mit dreihundertzehn Stunden-
Kilometer lossaust,
und ein Flugzeug, das braust,
wie du weißt, überall
schneller hin als der Schall,
von den schnellen Raketen
erst gar nicht zu reden.
... Bestimmt braucht man heut
viel weniger Zeit:
Wir sparen pro Stunde
Minute, Sekunde.
... Kommen wir jedoch dann
mit Zeitgewinn an,
kann es sein aber heut,
daß wir mit der Zeit,
die wir sparten voll Freud,
nach dem Rasen und Rennen
nichts mehr anfangen können.

Entscheidender Vorteil gegenüber Kleopatra

Wer hätte sie nicht auch schon manchmal aus einer augenblicklichen Verstimmung über die gegenwärtige Zeit schwärmerisch zitiert: die guten alten Zeiten, das Früher, als alles noch anders war. Und dieses »Anders« ist eben meistens in einer gewissen Verklärung, die das Zurückdenken häufig beinhaltet, ein Besser. Es gehört zu den Merkwürdigkeiten unserer Zeitempfindung und vielleicht ist das gut so, daß die schlechten Erinnerungen immer mehr verschwinden und die guten in unserem Gedächtnis, in unserem Herzen zurückbleiben. Wie sagt doch Herbert Schneider so schön: »Wenn von der guten alten Zeit gered't wird, kriegt der Malzkaffee einen Heiligenschein.«

Aus diesem Vergleich von früher und heute entstanden eine ganze Reihe von heiteren Sprüchen, wie »Früher machten die Ärzte noch Hausbesuche, heute verschaffen sie sich Bewegung durch Golf und Tennis«. »Früher hat man sich zusammengesetzt, heute setzt man sich auseinander.« »Früher zeigte man die Dame ohne Unterleib, heute zeigt man den Unterleib ohne Dame« (Ida Ehre). »Früher fuhr man noch dahin, wo es etwas zu sehen gab, heute fährt man dahin, wo es einen Parkplatz gibt« usw. usf.

Ein bißchen problematisch wird's mit diesem Früher eigentlich da, wo man nur mehr in der Vergangenheit lebt und sie zu sehr idealisiert. Das kann sehr leicht zu einer gewissen Moralinsäure führen, wenn man ständig die eigene Jugend und die eigene Moral von früher absolut setzt. Zum Eigenverständnis der Jugend trägt es sicher nicht bei, wenn man fraglos davon ausgeht, daß nur früher alles gut, schön und richtig war.

Wichtig ist immer wieder, daß wir uns überlegen, wie wir als Junge unter den heutigen Zeitumständen handeln würden, umgekehrt schadet es natürlich auch nicht, wenn Jugendliche sich mit der Frage beschäftigen, wie sie sich damals verhalten hätten. Die Zeit läßt sich bekanntlich nicht zurückdrehen, und es ist eine der entscheidenden Erkenntnisse, daß wir immer von unserer Zeit her gefordert sind.

Wie sagt doch Ranke: »Jede Epoche steht unmittelbar zu Gott«, das heißt, jede Zeit gibt ihre Chancen, ihre Möglichkeiten, fordert uns aber auch immer wieder neu zu einer persönlichen Verantwortung heraus. »Vielleicht gibt es schönere Zeiten«, sagt Sartre, »aber diese ist die unsere.« Es mag ja ganz schön sein, sich ein wenig träumerisch in die gute alte Zeit zurückzuerinnern, aber wir wissen doch ganz genau, daß auch diese Zeit ihre Probleme gehabt hat, ja, wer möchte im Ernst wirklich all die Schwierigkeiten und Probleme gegen unsere Zeit eintauschen.

Auch wenn man dem Wort Fortschritt recht skeptisch gegenüberstehen mag, Fortschritte auf dem Gebiet der Medizin, der Hygiene usw. sind unleugbar.

Unleugbar ist auch, daß wir uns, zumindest in unserem Lande, in der bisher wohl längsten Friedenszeit befinden. Und was die Lebensqualität angeht, meint wiederum Herbert Schneider: »Der Karl der Große hat in seiner kaiserlichen Pfalz lang nicht den Komfort gehabt wie Karl der Kleine in seiner Sozialwohnung.«

Über all dem aber steht noch ein Gedanke, den wir uns immer wieder vergegenwärtigen sollten, welche geschichtliche Gestalt wir uns auch vor Augen führen, den großen Feldherrn Alexander, den römischen Feinschmecker Lukull, die schöne ägyptische Königin Kleopatra, die reichen Fugger usw. usf. Wir haben gegenüber all denen den entscheidenden Vorteil, daß wir noch leben, daß uns das Leben jeden Tag neu wieder eine Chance gibt, daß wir aus unserer Zeit etwas machen können, und wenn wir wieder einmal den Zeitgeist bejammern sollten, wäre es ganz gut, darüber nachzudenken, daß wir auch die Möglichkeit haben, etwas Geist in diese Zeit zu bringen. Und was im übrigen die schwierige Situation mit den Parkplätzen anbetrifft, überlegen Sie einmal, daß das eigentlich gar nichts Neues ist. Auch Noah brauchte seinerzeit 40 Tage, bis er für seine Arche einen Parkplatz gefunden hatte.

Fluß der Zeit

Der Bach, an dem ich Kühlung erfahr,
ist zwar noch derselbe, der er gestern
schon war,
obwohl er das, was er war, nicht mehr ist,
weil alles, was ist, nie steht, immer fließt.

Die Sonne, die jeden Morgen aufgeht,
der Mond, der nachts am Firmament steht,
die Sterne, die Galaxien sogar
sind jeden Tag anders, als es gestern noch war.

Und ich selbst, seit ich bin, bin ich immer noch
und jeden Tag ein andrer doch:
ein Wanderer zwischen Gestern und Heut,
ein Wanderer mitten im Wandel der Zeit,
eine Spur, die der Wind in den Sand nur kurz
schreibt.
Sollt' es wirklich nichts geben, das Bestand hat,
das bleibt?

Das Morgen

Das Morgen ist die dunkle Nacht,
die schon das Heut umhüllt,
die dunkelnd auch mit ihrer Macht
die Gegenwart erfüllt.

Das Morgen ragt in alles Glück
als grauer Nebel ein.
Und läßt dem frohen Augenblick
nie Augenblick ganz sein.

Es kündet immer das »Vorbei«
in alles, was noch ist,
bewirkt, daß man von ihm nie frei
die Gegenwart vergißt.

Und hat das Morgen schließlich sich
zur Gegenwart gebracht,
drängt schon aus neuer Zukunftszeit
das nächste an mit Macht.

Bis dann einmal das Morgen kommt,
in das man nicht erwacht,
das alle Zeit ins Nimmer nimmt
als letzte dunkle Nacht.

Zeit-Vertreib

Mit dem ständigen Messen der Zeit,
dem Anlegen von Terminkalendern,
dem Schauen auf die Uhr,
den Freizeitdebatten,
dem Herjagen hinter dem Zeitgemäßen,
den Zeiterfordernissen,
dem Nachdenken über Zeiteinsparung
verlieren wir
Zeit.

Warten und Vorfreude gehörten früher zu den schönsten Erlebnissen

Warten – woran denken wir heute, wenn wir dieses Wort hören? An eine Bushaltestelle, einen Bahnhof, vielleicht einen Flugplatz, wo wir auf die Ankunft eines Verkehrsmittels warten, das uns irgendwohin befördern soll?

Vielleicht warten wir aber auch auf jemand, der mit dem Zug ankommt. Wir warten auf das Wochenende, auf den Urlaub, in einer langen Regenperiode auf schöneres Wetter. Vielleicht aber auch auf einen Lottogewinn und vielleicht auch auf das große Glück.

Welches Gefühl verbinden wir mit dem Wort warten? Langes Warten kann uns nervös machen, wir schauen auf die Uhr, ob es noch nicht bald soweit ist. Es wohnt aber immer auch eine Art Spannung darin. Ich glaube, wir Heutigen haben es ein wenig verlernt, dieses Warten, eine Spannung auszuhalten, etwas abwarten können.

In früheren Zeiten war der Mensch viel mehr angewiesen zu warten, weil er noch mehr auf die Macht der Natur verwiesen war und sich dem natürlichen Rhythmus beugen mußte. Man pflanzte, säte und wartete, bis die Saat aufging, bis sie reif wurde und geerntet werden konnte.

Der Mensch hat immer mehr versucht, diese Zeit des Wartens abzukürzen, selber mehr und mehr machbar zu machen. Machbarkeit und Ungeduld sind Geschwister. Indem wir der Zeit immer weniger Zeit lassen, suchen wir Zeit zu gewinnen, alles so schnell wie möglich in die Gegenwart zusammen-, hereinzuholen. Ein Höhepunkt muß den anderen jagen.

Die Feste, die früher weitgehend durch die Jahreszeiten bestimmt waren, werden nun auch immer mehr von uns installiert. Unsere Ungeduld verhindert, daß etwas noch seine Zeit hat. Damit verlieren wir aber auch Höhepunkte und Profil, indem die Feste ohne den Zwischenraum der Zeit ineinander übergleiten, laufen sie Gefahr, zu einem »Mischmasch« zu werden. Die bunte Palette der Farben wird von einem undefinierbaren, fast faden Farbton abgelöst.

Ein wenig sollten wir uns zurückerinnern an unsere Kindheit. Das Warten auf etwas, auf jemand, die Vorfreude, die mit zu den schönsten Erlebnissen gehörte.

Dazu gehört, daß wir uns wieder ein wenig loslassen können, daß wir uns auf etwas oder jemand einlassen können, ein wenig von dieser Egozentrik wegkommen und uns erfüllen und vielleicht auch da und dort erleuchten lassen, in der Vorfreude auf jemand, auf den wir uns verlassen können.

September

Die Zeit des Abschieds ist gekommen,
der Sommer steht als Souvenir im Schrank,
hat seinen Urlaub schon genommen.
Man blickt zurück und sagt ihm Dank.

Am bläßlich blauen Himmel oben
hinkt müd die Sonne ihre Bahn.
Mit leichter Wehmut ist die Zeit verwoben,
das Laub nimmt Abschiedsfarben an.

Jetzt ist die Zeit des Fallens und Vergehens,
die Zeit, in der man sich besinnt.
Jetzt ist die Zeit des tieferen Verstehens,
daß neues Sein durch Abschied erst beginnt.

Alles hat seine Zeit

Ein jegliches hat seine Zeit, Sterben hat seine Zeit, Weinen hat seine Zeit, Lachen hat seine Zeit, Klagen hat seine Zeit, Tanzen hat seine Zeit, Schweigen hat seine Zeit, Reden hat seine Zeit.« So steht es im Prediger Salomon.

Im Laufe der Zeit hat sich mit der Zeit auch viel geändert. Seit der Mensch immer mehr dem Sprichwort gemäß lebt, daß Zeit Geld ist und Geld das »Brecheisen der Macht« (Nietzsche) ist, versucht er die Zeit immer mehr in seinen Griff zu bekommen. Er versucht nicht nur, sich die Erde untertan zu machen, sondern auch die Erdzeit. Der Mensch hat gelernt, Zeit immer genauer zu messen. Sie ist auf den ersten Blick zu einer total berechenbaren Größe geworden. Wir meinen, sie mit Uhren, Computern oder unserem Terminkalender zu erfassen und doch, wenn wir ehrlich sind, hat die Zeit immer mehr Oberhand über uns gewonnen, weil sie inzwischen nicht mehr als Zeit, sondern als Hektik erscheint. »Mit der Zeit kam die Uhr«, meint Werner Mitsch, »und mit der Uhr die Hektik.«

Mit dieser Hektik haben wir aber etwas ganz Wichtiges verloren, nämlich einen gesunden Lebensrhythmus, den Wechsel der Zeit zu erfahren, anzunehmen, selber immer wieder in diesem Rhythmus aufzugehen und die jeweilige Zeit als gegenwärtiges Geschenk anzusehen. In seiner Hetze holt der Mensch ständig die Zukunft in die Gegenwart herein und verlernt damit, den Augenblick zu genießen. Wer nie Zeit hat, kommt lediglich, um sofort wieder zu gehen. Ich zitiere noch einmal Werner Mitsch: »Sie fahren zum Jodeln in die Berge und haben nicht einmal genügend Zeit, ihr Echo abzuwarten.«

Wer den Zeitrhythmus zu sehr bestimmen will, zerstört den Lebensrhythmus, den natürlichen Wechsel der Zeit, der Tageszeit: Morgen, Mittag, Abend, Nacht, der Woche: Werktag, Feiertag und der Jahreszeiten: Frühling, Sommer, Herbst, Winter. Leben heißt bekanntlich atmen. Atmen aber bedeutet ein- und ausatmen. Es wird gefährlich, wenn wir keine Zeit mehr haben, um Atem zu holen, wenn wir aus dem Atem kommen, wenn wir immer atemloser werden, nie mehr Zeit haben, den Atem der Zeit zu spüren.

»Im Atemholen sind zweierlei Gnaden: Die Luft einziehen, sich ihrer entladen«, sagt Goethe. Heute ist soviel vom bewußten Leben die Rede, viele Lebenshilfen arbeiten sogar mit einer Konzentration auf den Atem. Atemtraining bedeutet dann, daß wir wieder richtig lernen, zu atmen und im Atmen zu leben, daß wir uns immer wieder ganz bewußt über unsere Atemzüge freuen, atmen als Geschenk betrachten.

»Solange ich atme, hoffe ich«, heißt ein altes lateinisches Sprichwort, und nach Leroux ist das Leben ein »Einatmen der Zukunft«. Einatmen, das bedeutet, daß wir irgendwie die Zukunft schon in uns hereinholen, aber nicht sie mit Gewalt in die Gegenwart pressen wollen. Man muß auch einmal etwas auf sich zukommen lassen, wie ja das Wort Zukunft eigentlich besagt. Wer die Zeit zu sehr verfügbar macht, sie immer mehr berechnet, verliert die Freude an der Zeit, auch an seiner Zeit. »Die Zeit ist«, nach Ralph Boller, »Gottes Art, Kredit zu geben.« Wir sollten aus diesem Kredit nicht wieder gleich ein Kreditinstitut machen.

Je mehr wir glauben, die Zeit in den Griff zu bekommen, desto mehr setzt ihr Würgegriff bei uns an. Auch wenn wir die Zeit bis in ein Billionstel messen können, gelingt es uns nämlich nie und nimmer, sie an- oder abzuschalten.

Wir aber können – zumindestens gelegentlich – abschalten, uns ausschalten aus der Hetze, uns und der Zeit wieder etwas mehr Zeit lassen, aufpassen, daß wir nicht zu sehr außer Atem kommen und am Ende unseres Lebenslaufes nur eines erreicht haben, daß wir das Leben überholt haben, indem wir ihm davongelaufen sind.

Werden, kommen und verweilen,
gehen, schwinden, fließen, teilen,
geben, nehmen, fordern, feilen,
nagen, zehren, lindern, heilen.
All das kann Zeit, wie ihr wohl wißt,
auch wenn Zeit kein Zeitwort ist.

Wo bin ich, *ich*
der nicht mehr das ist, was er war,
ein andrer ist, als der vor Tag und Jahr,
der längst als ich selber verblich.
Wo bin ich, ich selber, wo bin ich, ich?

Wo bin ich, ich,
der nichts ist als das Wehen der Zeit,
ein Gehen, ein stetes, vom Gestern ins Heut,
neuem Morgen stets weicht bloß und wich.
Wo bin ich, ich selber, wo bin ich, ich?

Wo bin ich, ich,
den Vergänglichkeit prägt
und der denselben Namen doch trägt,
auch wenn mein Früher dem Heute nicht glich.
Wo bin ich, ich selber, wo bin ich, ich?

Wo bin ich, ich,
wo ist meine Welt,
wo ist Heimat für den, der nur fällt,
wer fängt mich einst auf, wer hält mich, mich,
ist wer, der als Ich mich halten wird, sprich!

Die Melodie des Lebens vernehmen

Schön

Frag einmal verschiedene Leute,
sage mir, was ist das: »schön«?
Dann wirst du sehr schnell erleben,
wie verschieden sie das sehn.
Manche finden blau am schönsten,
andre rot und andre grün,
manche finden schöner München,
andre Rom und andre Wien.
Ferien, sagt der eine,
sind am schönsten stets am Meer.
Berge finden andre schöner
und sie fahren weit, weit her.
Manche finden diesen Menschen
schön und manche den.
Ja, es ist nicht leicht zu sagen,
wie und was ist das nun: schön?
Oder gibt es dieses Schöne,
von dem man so häufig spricht,
weil's ein jeder anders findet,
vielleicht etwa wirklich nicht?
Diese Antwort aber, mein ich,
wäre leider ziemlich dumm,
denn ich glaub, es gibt viel Schönes,
schau dich in der Welt bloß um.

Man muß, um was schön zu finden,
freilich sich zunächst bemühn,
um das Schöne erst zu finden.
Und darum behaupt ich kühn,
Schön, das hängt sehr viel von uns ab,
wie wir diese Welt besehn,
was mit Liebe wir betrachten
wird fast wie durch Zauber schön.

Über der lauten Musik,
mit der wir unsere Lust am Leben
beweisen wollen,
beweisen wir,
daß wir immer mehr verlernt haben,
die Melodie des Lebens zu vernehmen.

Ist

Aus einer unscheinbaren Pflanze,
aus einer kleinen Zwiebel,
aus einem Samenkorn
sproßt, geht auf, erblüht,
wird in bunten Farben
mit zartesten Blättern
in vielfältiger Form
die prächtige Blume,
blüht, duftet, erfreut,
verwelkt, verdorrt, verliert die Blätter, vermodert.
Keine Blume mehr, kein Blatt, keine Farbe,
kein Duft.

Und doch geht sie als andere
in gleicher Pracht neu wieder auf.
Unsichtbar, verborgen
gespeichert als Programm,
ein Programm des Lebens.
Was geht durch das Vergehen durch?
Was ist es, das Vergangenes neu aufgehen läßt?
Ist es ein Ist, das nicht wurde und nicht vergeht?

Ständiges Wunder

Zu den vielen Wundern, die man kaum bemerkt, weil sie ständig um uns herum sind und dadurch irgendwie selbstverständlich geworden sind, gehört das Zusammenhalten. Zusammenhalten, was ist damit gemeint? Es ist die Tatsache, daß die ganze Welt, die große und die ganz kleine, weitestgehend doch einen Halt in sich hat. Natürlich gibt es eine Veränderung in dieser Welt. Etwas wird, entsteht und vergeht, es wird etwas zerstört, geht von sich selber heraus kaputt, löst sich auf. Und doch ist der Halt, Bestand, das Zusammenbleiben, die Gestalt, die Form eigentlich die Regel.

Schau dir diesen Baum da an! Er steht da als Zeichen des Haltens, die Wurzeln halten den Stamm, der Stamm hält die Äste und die Zweige, und die Zweige halten die Blätter fest, zumindestens bis zum Herbst. Aber auch das Blatt an sich, das Gras, die Blume, sie sind ein Zeichen dieses Haltens in einer bestimmten, ihnen eigenen Form.

Genausogut, wie man die Frage stellen kann, warum überhaupt etwas ist und nicht vielmehr nichts, könnte man fragen, warum sich etwas zu einer bestimmten Gestalt, zur lebenden oder toten Gestalt zusammenfindet oder sich diese Gestalt länger oder kürzer durchhält. Nicht also das Chaos, das Ungestalte, Irre und Wirre, sondern das Gestalthafte, sich Formende im Großen wie im Kleinsten ist die Regel. Heidegger bezeichnet dieses Ist, dieses Sein, die Tatsache, daß etwas ist und nicht vielmehr nicht, als das Wunderbare schlechthin.

Ist es also nicht genauso wunderbar und erstaunenswert, daß nicht nur Chaos ist, sondern ein geordnetes Sein, gestaltetes Sein, ja lebendiges Sein, das in sich die Kraft hat, wieder Gestalt und Form weiterzugeben, zu neuer Gestalt und Form in sich den Keim hat? Die heutige Naturwissenschaft lehrt uns, daß die Vorstellungen von einer festen, ähnlichen Materie falsch war und ist. Wir wissen, daß alles in uns, um uns herum, jedes kleinste Teil nichts Starres ist, daß alles in Schwingung ist und als Energie verstanden werden kann.

Und doch ist uns dieses Schwingende, sich Bewegende in dieser festen, großartigen ausdifferenzierten Form, beispielsweise eben jenes Baumes hier, eine wundersame An- und Ineinanderkettung von kleinsten Teilen, Protonen, Neutronen, Elektronen, Atomen, Molekülen usw. usf. als ein großartiges Ineinander, Nebeneinander, Miteinander, Füreinander.

Da kann man manchmal in Ausstellungen kleine Kunstwerke bewundern: aus Legosteinen oder gar Zündhölzern werden von fleißigen Leuten mehr oder weniger große Bauwerke errichtet, meistens Nachbildungen von Gebäuden, Kirchen. Wir bewundern den unendlichen Fleiß, der notwendig war, diese kleinen Teile zu gestalten, miteinander in Verbindung zu bringen, zu kleben, zu bauen usw. Wieviel mehr ist aber all das, was um uns herum nicht von uns gestaltet, von Natur aus ist, der Grashalm, das Blatt usw. ein großartiges Kunstwerk und wie groß und wundersam sind die Gesetze, die diese Kunstwerke entstehen, aber auch halten lassen? Diese Welt ist voll von dieser wundersamen Kraft des Zusammenfügens und Formens und Formbehaltens, und diese Kraft ist auch dem Geistigen eigen.

Wir können mit unseren Gedanken etwas verbinden, zueinander führen, können zueinanderhalten, aus ein paar Buchstaben eines Alphabets Worte, Sätze, Erzählungen, Briefe machen. Ja, der Mensch hat die Fähigkeit, aus diesen paar Elementarteilen Kunstwerke in Form eines kleinen lyrischen Gedichts oder eines großen Epos zu gestalten. Ebenso ist es mit der Musik. Mit ein paar Noten, musikalischen Zeichen, Takten usw. komponierten – komponieren im wahrsten Sinne des Wortes: »zusammenstellen« –, schufen und fügten Menschen vollkommene Formen des Zusammenklangs, der Sinfonie. Zwar besitzt der Mensch auch die Fähigkeit, auflösen zu können, ja zu zerstören und zu vernichten. Ist aber nicht die Kraft des Zusammenfügens, Zusammenhaltens seine größte, ihn auszeichnende Fähigkeit?

Blühen

Alle Welt beginnt zu blühen,
in die toten Zweige ziehen
Grün und neues Leben ein.
Was da war noch starr soeben,
keimt und sproßt zu neuem Leben,
nichts will mehr erstorben sein.
Aus der kleinsten Samenhülle
quillt des neuen Werdens Fülle
mit geheimnisvoller Kraft,
jene Kraft, daß stets neu werde,
jene Urkraft, die der Erde,
unserm Sterne zugedacht,
daß stets wachse und gedeihe,
Leben sich an Leben reihe,
neues Dasein stets gebiert.
Es liegt auch in unsern Händen,
daß das Blühen nie wird enden,
überm Sterben triumphiert.
Laßt uns drum in unsern Tagen
darum immer Sorge tragen,
daß ein jeder sich bemüht
um der Erde größten Segen,
daß wir dieses Blühen hegen.
Sonst könnt's sein, daß uns was blüht.

Kindererziehung

Ein wenig Herz und ein wenig Verstand,
das richtige Wort füreinand,
ein wenig Geduld und ein wenig Humor,
ein wachsames Auge, ein ganz scharfes Ohr
für das, was im Leben wesentlich ist,
ein Gedächtnis, das nicht das Gute vergißt.
Und nicht bloß das Später immer im Blick,
auch Zeit grad für jetzt und das heutige Glück,
aufs Schöne und Gute ein wenig Vertrauen,
dazu auch ein Hoffen und einen Glauben
auf Ihn da droben, auf Gott unsern Herrn,
dann wird's, du wirst sehn, bestimmt richtig werden.

Ernte

Wasser, Sonne, Luft und Erde
gaben Heimat, daß es werde,
daß das Körnlein sich entfaltet,
darin neues Leben waltet,
daß es aus der kleinen Hülle
sich vervielfacht in der Fülle.
Größtes aller Wunder Leben
ist dem Samenkorn gegeben.
Voller Kraft stehn da die schweren,
gelben, reifgewordnen Ähren,
bis der Sense scharfe Schneide
mäht das wogende Getreide.
Was da wuchs in langen Wochen,
wird von einem Streich gebrochen.
So muß Kommen und muß Gehen
stets im Wechselspiel geschehen.
Frühjahr, Säen, Keimen, Werden,
Herbstzeit, Ernte, Fallen, Sterben,
Leben muß sich weitergeben,
daß entstehe neues Leben.
Ernte gibt erst als Beginn
neuen Seins dem Leben Sinn.

Nacht

Du dunkle Mutter,
wahrer als aller Tage
Hell und Bunt,
als Vielfalt und Leben;
du Ruhe und Schutz,
umhüllender Mantel,
seiender als Sein,
weil nichtiger als Nichts;
grundloser Grund,
du stumme Urmutter
Nacht.

Baum

Stell dir vor in einer Zeitung
stünd' die Überschrift ganz groß:
»Baum beginnt im Mai zu blühen«,
dächtest du nicht: Was ist los?

Ist denn das so was Besondres?
Ist das eine Sensation?
Daß im Frühjahr Bäume blühen,
weiß ein kleines Kind doch schon.

Du hast recht, so ist es eben,
so sind wir's gewohnt im Jahr.
Und doch ist dies Blühen immer,
mein ich, wieder wunderbar.

Schien der Baum nicht grad im Winter,
der da steht vor unserm Haus
ohne Leben, sah er nicht fast
wie ein toter Besen aus?

Und nun treibt aus allen Zweigen
frisches Grün und Blütenweiß,
das zu saftig süßen Früchten
werden wird im Jahreskreis.

Ist er – einst ein kleiner Same –,
der heut mächtig vor uns steht,
nicht mehr Sensation als vieles,
was sonst durch die Presse geht?

Hoffnung

Wo aber wird sie sein,
wenn ich ihrer bedarf?
Werde ich mich dessen erinnern,
was ich von ihr dichtete damals,
als es nicht ernst war;
wird es mir dann helfen,
was ich über sie sagte?
Wird sie aus mir kommen,
auf mich zukommen
dann am Ende,
wenn ich nichts mehr vermag?
Was aber wäre mein Leben,
wenn ich nicht
auf sie hoffte:
Hoffnung.

Stell dir einmal vor, es glichen
alle Blumen sich genau,
hätten nur die eine Farbe,
wären rot bloß oder blau,
keine länger oder kürzer,
alle wären ganz gleich groß,
und sie würden ganz gleich duften,
oder aber, denk dir bloß,
all die vielen, vielen Tiere,
die es gibt auf Erden hier,
würden alle gleich ausschauen,
eins so wie das andre Tier,
alle wie die Elefanten
oder alle wie ein Hund,
oder alles auf der Erde
wär nur eckig oder rund.
Wo man hinschaut, nur das gleiche,
ob das nicht langweilig wär,
und wär noch so voll die Erde,
wär sie irgendwie doch leer.
Und jetzt stell dir vor, wir Menschen
wären plötzlich gleich sogar,
einer gleicht genau dem andern
bis ins allerletzte Haar.

Hätten Haar-, Haut-, Augenfarbe
alle gleich: blauäugig, blond,
jeder hätt' dieselbe Stimme,
wo er auf der Welt auch wohnt.
Alle Menschen dieser Erde,
wo man hinschaut weit und breit,
würden nur dasselbe denken,
trügen nur dasselbe Kleid.
Kochten nur dieselbe Speise,
sagen wir einmal Spinat,
sängen stets dasselbe Lied nur,
sag mal, wäre das nicht fad?
Gott sei Dank, daß wir verschieden,
ja sehr unterschiedlich sind,
denn dadurch ist was Besondres
jeder schon als kleines Kind.
Darum hoff ich, daß du niemals
etwas Wichtiges vergißt:
du bist für mich einzigartig,
weil du so bist, wie du bist.
Freu dich, denn die Welt ist farbig!
Gott erschuf die Erde bunt,
wollte, daß ein jeder anders
ist, und aus dem Grund:
sei zu andern nett, auch wenn du
anders als der andre bist,
weil der eine wie der andre
doch vor Gott der gleiche ist.

Auf dich kommt es an

Ein Freund ist nicht beliebig austauschbar

Beim Aufblättern eines alten Lesebuches stoße ich auf das Gedicht, das wir damals bei unserem so beliebten Klaßleiter Bayerle auswendig gelernt haben, »Die Bürgschaft«. Ob ich's noch zusammengebracht hätte? »Zu Dionys, dem Tyrannen, schlich Damon, den Dolch im Gewande ...« Ich erinnere mich noch genau, wie wir damals nachgedacht haben, was Freundschaft eigentlich ist. Und in einer irgendwie melancholischen Stimmung beginne ich zu überlegen, wer denn eigentlich meine Freunde waren und sind. Ja, was verlangt man denn eigentlich von einem Menschen, damit man ihn Freund nennen kann? »Ein Freund ist einer, vor dem ich laut denken darf«, sagt Emerson. Da ist also zunächst die Ehrlichkeit, daß ein Freund dir einmal auch unbequeme Dinge ins Gesicht sagt, dich nicht hinter deinem Rücken ausrichtet. Zur Freundschaft gehört aber auch vor allem Zeit, die man für den andern hat, daß man ihm zuhört, sich gemeinsam ausspricht. Man versteht sich mit einem Freund aber auch ohne viel Worte. »Es gibt kaum etwas Besseres, als mit einem guten Freund über ein interessantes Thema zu schweigen«, sagt Alec Guiness. Und das besondere Kennzeichen der Freundschaft ist selbstverständlich die Treue, daß man eben gerade in dem Augenblick, in dem es dem anderen schlecht geht, in dem er uns braucht, zu ihm steht nach dem Sprichwort: »Gute Freunde in der Not, geh'n hundert auf ein Lot.«

Freundschaft ist also etwas Überdauerndes. Die französische Filmschauspielerin Brigitte Bardot meint sogar etwas frivol: »Ich wechsle meine Ehemänner, aber nicht meine Freunde.« Und da ist selbstverständlich noch das Vertrauen, daß man sich auf den andern blind verlassen kann und gleichzeitig auch dem andern die Sicherheit gibt, er kann auf mich bauen.

Wenn ich mich an meine ersten Freunde erinnere, dann war da über die Tatsache hinaus, daß man miteinander gespielt hat, sich miteinander gegen jemand verbündete, noch etwas Besonderes. Hatte man da nicht mit seinem ersten Freund, seinem Spezi, so etwas wie ein kleines Geheimnis, das nur er und ich wissen durften: ein geheimes Lager oder auch, daß man etwas miteinander angestellt hatte. Das große Vorbild für Freundschaft waren damals natürlich Winnetou und Old Shatterhand, die Blutsbrüderschaft der beiden, denen man irgendwie nacheifern wollte.

Der Freund ist im übrigen viel mehr als ein bloßer »Kumpel«, ein »Genosse«, aber auch ein Kamerad. Was ein Freund ist bzw. war, erkennt man wie vieles im Leben meist erst dann, wenn man voneinander weggehen muß. Manchmal freilich brechen Freundschaften auch auseinander. Man verliert einen Freund oder merkt, daß es doch kein echter Freund war. Oft geschieht dieser Bruch aus Unachtsamkeit oder auch infolge von Gewöhnung. Man hat den anderen ja zum Freund und achtet nicht darauf, daß es in unserem Leben immer wieder sehr gefährlich ist, von »Haben« zu sprechen.

Freunde sind nicht beliebig austauschbar. Vielleicht macht es sogar das Besondere der Freundschaft aus, das Wertvolle, aber auch das Traurige, daß man im Leben immer wieder Abschied nehmen muß, auch von den besten Freunden. Der Christ freilich hofft, wie mein guter Freund, Pfarrer Erwin Hausladen, immer wieder verkündet, daß wir über alle Zeit hinaus gehalten sind von dem besten Freund, den der Mensch hat und auf den das Wort von Hubbard zutrifft: »Der Freund ist einer, der alles von dir weiß und dich trotzdem liebt.«

Wenn du willst,
daß der, den du magst,
schnell zu dir kommen soll,
dann sag dem,
den du magst,
ganz geschwind,
er solle ganz schnell beginnen,
langsam zu fahren.

Wenn man sieht,
wie schwer manchem ein Dankeschön
oder ein Vergelt's Gott fällt,
wie wenig man sich
erwiesener Wohltaten zurückerinnert
und wie den meisten alles
als ganz selbstverständlich erscheint,
dann merkt man,
daß bei uns Menschen
Undankbarkeit
ein dankbares Thema ist.

Programmierte Vereinsamung

Wer mit wachen Augen durch unser Land geht, wird, ohne ein Kulturpessimist sein zu müssen, feststellen, daß sich eine gefährliche Krankheit wie eine Seuche, nicht zuletzt bei den Kindern und Jugendlichen, ausbreitet: die Vereinsamung. Manchmal hat man allerdings auch den Eindruck, es steht ein regelrechtes Programm dahinter. Ich will nur einige Beobachtungen nennen: Der Fernsehkonsum steigt bei Kindern und Jugendlichen immer noch an. Dazu zähle ich selbstverständlich auch das Einschieben der Videokassetten, die in manchen Familien als eine einfache Methode entdeckt wurden, die Kinder stillzuhalten bzw. zu »beschäftigen«. Der schulfreie Samstag und Sonntag gehören schon von den frühen Morgenstunden an dem sogenannten Frühstücksfernsehen. Dabei wetteifern Sendeanstalten, die Kinder mit einer Flut teilweise entsetzlicher Zeichentrickfilme zu überschütten. Seit die Wirtschaft entdeckt hat, daß die Kinder besonders brauchbare Konsumenten sind, schleudern sie natürlich ihre Werbung vornehmlich in diese von den Kindern so gern gesehenen Sendungen.

Seit Jahren warne ich schon vor den sogenannten Computerspielen. Man brauchte kein Hellseher zu sein und auch nicht mit langen wissenschaftlichen

Untersuchungen aufzuwarten, um zu wissen, daß diese Art von »Spielen« – man muß sich wirklich fragen, ob so etwas noch den Namen Spiel verdient – Kinder systematisch in die Vereinsamung führt. Manche Eltern sind so naiv und glauben, so würden ihre Kinder schon früh den Gebrauch des Computers kennenlernen. Inzwischen hat die Evangelische Kirche eine Untersuchung durchgeführt, die das auf der Hand liegende Ergebnis brachte, daß viele Kinder, die stundenlang mit diesem Gerät »spielen«, enorm kommunikationsgefährdet sind. Experten sprechen inzwischen geradezu von einer Suchtgefahr, die von diesem Gerät ausgeht.

Man könnte diese Beispiele von Vereinsamung weiterführen, indem man darauf hinweist, daß der Walkman immer noch auf dem Vormarsch ist, daß teilweise gute Märchenkassetten immer mehr die bessere Erzählung einer Geschichte durch Mutter, Vater oder die Großeltern ablösen. Erinnern Sie sich noch, wie Kinder Geschichten anhören, aber auch Fragen stellen, wie Kinder immer wieder dieselbe Geschichte hören wollen und aufpassen, daß man ja alles immer gleich erzählt: »Das letzte Mal hast du aber gesagt, daß das Rotkäppchen Gänseblumen abpflückte und dieses Mal hat es Schlüsselblumen gepflückt. Was ist denn da eigentlich richtig?«

Vertreter von Kirche, aber auch Sportvereine beklagen immer mehr den Verlust von Spielgemeinschaften, natürlichen Spielgemeinschaften, die allenfalls noch in der kleinsten, der Zweiergruppe, bestehen. Gewiß, man kann mangelnde Spielplätze als Grund anführen. Aber selbst die wenigen Plätze, die der Ort zu bieten hat, sind meist leer. So gibt es sicher eine ganze Reihe von Ursachen, die zu einer immer größeren Isolierung des Menschen führen. Dazu gehört auch die seit Jahren propagierte Single-Philosophie, überhaupt aber eine neuzeitliche Moral der Kontakt- und Kommunikationslosigkeit. Denn es hat m. E. auch nichts mit Kommunikation zu tun, wenn man schon jungen Leuten verkündet, möglichst schnell und oft seinen Partner zu wechseln wäre das wahre Glück. Dieses »Muß« führt auch ständig mehr zu einer Verkrampfung. Man sollte eigentlich in einem gewissen Alter schon so und so viele Beziehungen gehabt haben. Wer hinter diesem Soll zurückbleibt, kommt sich irgendwie gescheitert vor, weil er offensichtlich seine Rolle nicht ausfüllen kann. Frustrationen und eine immer stärkere Vereinzelung sind die Folge. Keine Frage, daß das sehr schnell in Aggressionen umschlagen kann und daß dann oft eine Pseudogemeinschaft in Form einer Bande gewählt wird, die gerade dem jungen Menschen, wenn auch unter einem negativen Ziel, ein gewisses Gemeinschaftserlebnis verspricht.

Langeweile und Flucht in die Droge bzw. in die Aggression sind immer mehr feststellbar. Schule, Eltern, Vereine, Kirche, Politik sollten alles Mögliche tun, um endlich einmal hier eine Neubesinnung bzw. aber auch eine Neuaktivierung in die Wege zu leiten. Es geht nicht darum, daß irgendwo »Spieltage« von einer Institution oder entsprechenden Politikern veranstaltet werden, die im Endeffekt nichts anderes im Sinn haben, als sich selber ins rechte Licht zu rücken. Oder sollten wir schon so gesprächslos geworden sein, daß wir uns nicht mehr zusammensetzen können, um miteinander ein Gespräch zu führen, wie wir dazu beitragen können, wieder etwas mehr ins Gespräch zu kommen? Aber auch da zeigt sich halt, daß es offensichtlich viel leichter ist, ständig große Worte zu machen, als hier und da ein kleines gutes Wort zu finden und zu sagen.

Die ganze Welt

Auch wenn die große weite Welt
dich nur für irgend jemand hält,
denk dran, daß auf der Welt wer ist,
für den die ganze Welt du bist.

Ein gutes Wort zur rechten Zeit
vertreibt gar oft die Traurigkeit.
Drum schaun wir alle ganz geschwind
wer so ein gutes Wort jetzt findt.

Ich sag dir danke dafür heut,
daß du für mich hast immer Zeit.
Und ein Vergelt's Gott auch dafür,
daß ich stets kommen darf zu dir.

Komm laß uns weiter Freunde sein,
denn ohne dich bin ich allein.
Du weißt es selber, ohne dich
bin ich die Hälfte nur vom Ich.

Keinerlei Langeweile in einer lebendigen Familie

»Jeder Dritte leidet am Wochenende an Langeweile.« So lautete vor kurzer Zeit eine Überschrift in der Zeitung. Die Volksbefrager haben wieder einmal etwas »Neues« entdeckt. Immer mehr Deutsche langweilen sich, vornehmlich an Sonn- und Feiertagen. Das mutet angesichts der Forderung nach mehr Freizeit geradezu grotesk an. Wir fordern mehr freie Zeit, ohne mit der schon bisher zur Verfügung stehenden Zeit etwas anfangen zu können. Selbstverständlich rufen solche Erscheinungen dann auch eine Schar von Wissenschaftlern auf den Plan, die psychologische und pädagogische Erklärungen und ihre Freizeittips abgeben.

Plötzlich besinnt man sich auf die in der Befreiungsideologie fast vergessene Tatsache, daß in einer lebendigen Familiengemeinschaft kaum Langeweile aufkommt. Vielleicht wird man auch bald wieder als neuesten wissenschaftlichen Schrei dem staunenden Laien kundtun, was der Verfasser dieser Zeilen, ohne aufwendige Forschungsinstitute, mit demselben bißchen gesunden Menschenverstand, der jedem Leser dieser Zeilen auch von Haus aus gegeben ist, seit Jahr und Tag sagte: Denkt bei all den emanzipatorischen Bestrebungen auch ein wenig daran, daß ihr euch nicht nur ständig von euren Mitmenschen wegbefreit in eine rein egoistische Vereinzelung hinein!

Leider wurde aber die Selbstverwirklichung von manchen verwechselt mit dem »Nur an sich denken«, nur das zu tun, was einem gerade Spaß macht. Dabei ist es doch auch eine ganz simple Erkenntnis, daß sich der Mensch, der auf den Mitmenschen angelegt ist, den andern zu seiner Verwirklichung braucht.

Bestimmt ist eine der Hauptquellen der Einsamkeit die, daß man entweder meint, man brauche den andern nicht, oder daß man egoistisch darauf bedacht ist, nur das zu tun, was einem gerade Spaß macht; leben zu zweit oder in einer Familie bringt gewiß eine Menge von Einschränkungen und Verantwortung. Ich behaupte aber wiederum ohne längere wissenschaftliche Forschung – daß derjenige, der sich verantwortlich weiß, der gelernt hat, sich um den andern zu kümmern, unter der Personengruppe zu finden sein wird, die wohl am wenigsten Langeweile empfindet.

Größere Probleme sehe ich, wenn bei jungen Leuten, ja Kindern das Wort Langeweile häufiger auftaucht. Aus vielen Erfahrungen kann ich diese traurige Zeiterscheinung nur bestätigen. Dabei habe ich die wiederum recht merkwürdige Erfahrung gemacht: es sind oft genau dieselben Jugendlichen, die über zu große Arbeitsbelastung durch die Schule jammern und gleichzeitig ihre Freizeit als langweilig empfinden.

Brauchen wir als Konsequenz nun gar schon das

von siebengescheiten Erziehungswissenschaftlern geforderte Fach Freizeitkunde, in dem dann vielleicht sogar noch abgefragt und benotet wird? Möge uns der Himmel davor bewahren und uns lieber etwas mehr von dem bereits zitierten gesunden Menschenverstand verleihen. Dann wissen wir nämlich u.a., daß ein Zuviel an Spielzeug schuld ist, daß sich Kinder mit keinem mehr intensiv beschäftigen wollen,

- daß Spielzeuge nicht alles automatisch selber machen sollen, sondern Raum für Phantasie und Eigenständigkeit geben dürfen;
- daß Fernsehen kein Ersatz für selbstgemachte Erfahrungen ist und die immer längeren Einschaltzeiten auch bei Kindersendungen Vorschub dafür leisten, daß Kinder nichts mehr mit sich und ihrer Umwelt anfangen können;
- daß stundenlanges passives Anhören von Musik nicht die alleinige Freizeitbeschäftigung sein sollte.

Der Kinder- und Jugendbuchautor Erich Kästner hat einmal gesagt: »Denkt an das fünfte Gebot: Schlagt die Zeit nicht tot!« Es wäre schon eine schlimme Zeitkrankheit, wenn wir mit der Zeit gar nichts anderes mehr anzufangen wüßten, als Bücher von Pädagogen oder Psychologen über das Thema »Langeweile als Zeitkrankheit« zu lesen.

Du und ich, das Kind und ihr,
das sind miteinander *wir.*
Doch daß ihr, ich und das Kind
wirklich alle *wir* auch sind,
glaub es mir, muß ich, mußt du,
müssen wir was tun dazu:
Beispielsweise spielen, singen,
eine nette Zeit verbringen,
miteinander reden, lachen
und gemeinsam Schönes machen
und auch an den andern denken,
helfen, trösten, pflegen, schenken.
Liebes sagen, Briefe schreiben
und stets gute Freunde bleiben.
Manchmal ist's zwar nett allein,
nur ich, du, er, sie zu sein.
Schöner ist's noch, glaubt es mir
sind wir ich, du, er, sie: *wir.*

Einsamkeits-Ideologie

An einem der Anschlagbretter der Universität lese ich folgenden Satz: »Noch niemals haben wir so viel Kommunikationsmittel gehabt, jedoch wenn wir mit den Menschen sprechen, reden sie von Einsamkeit.« Aus vielen Gesprächen habe ich gerade in der letzten Zeit wieder erfahren, daß sich die Einsamkeit immer mehr ausbreitet. Ist das nicht wirklich seltsam? In der Tat ist nie so viel von Kommunikation und Unterhaltung gesprochen worden wie in unseren Tagen. Wir kommunizieren, diskutieren, informieren, verbalisieren, korrespondieren, aber wir reden immer weniger miteinander. Bewegen wir uns wirklich immer mehr auf eine Situation zu, von der Ernst Bertram meint: »Wie wird der Robinson unseres Jahrhunderts aussehen? Vielleicht kommt nicht einmal ein ›Freitag‹ darin vor, so einsam wird der Mensch werden.« Natürlich sind die modernen Wohnsilos nicht dazu angetan, Geselligkeit und Unterhaltung zu fördern, natürlich ist das Überangebot der Medien, das wissen wir inzwischen alle, eine Gefahr für das Gespräch untereinander. Aber da ist sicher noch mehr. Man hat uns seit Jahren eine Ideologie verkündet, die teilweise noch verhängnisvoller als die des Marxismus war: Das beste für die »Selbstverwirklichung« des Menschen sei es, möglichst ungebunden, ja sogar allein zu leben. Diese Single-Ideologie tönt uns doch seit geraumer Zeit überall entgegen. Sehr häufig versteckt sie sich aber auch in Schlagern, in Lesestücken, in Unterhaltungssendungen: Ja keine Bindung eingehen, am besten sich auf sich selber zurückziehen, hie und da, wenn einem danach ist, Kontakt pflegen. Das Glück aber ist in der Freiheit zu sehen, und diese Freiheit ist nur da, wo man sich an nichts bindet. Die gerade in den 70er Jahren so groß verkündete »Selbstverwirklichung«, gegen die es grundsätzlich nichts zu sagen gibt – im Gegenteil, der Mensch ist das Wesen, dem sein Leben nicht nur gegeben, sondern aufgegeben ist –, wurde von vielen auf einen schnöden Egoismus verengt. Ein weiteres Schlagwort dieser Zeit, die »Emanzipation«, wurde für viele zur Befreiung von Um- und Mitwelt und von allen Pflichten. B. Russell meint zu recht: »Freiheit ist eine sehr schöne Sache, aber nicht dann, wenn sie mit Einsamkeit erkauft wird.« Geschieht nicht Selbstverwirklichung gerade da, wo man auf den andern zugeht, und hat nicht Martin Buber recht, wenn er sagt: »Das Ich wird erst am Du zum Ich.« Immer wieder wurden doch die jungen Menschen aufgerufen, möglichst früh die Bindung an die Familie aufzugeben, was dann seinen Niederschlag darin fand, daß sie bald nach ihrem 18. Geburtstag ihr Bündel schnürten und die elterliche Wohnung verließen. Die Engpässe auf dem Wohnungsmarkt resultieren nicht zuletzt aus der Tatsache, daß man sich möglichst früh aus einer größeren familiären Gemeinschaft befreit, um sich dann allein durchs Leben zu fristen. Kein Zweifel, daß es sehr sinnvoll sein kann, wenn man sich einmal zurückzieht, ja daß man sich da und dort auch einmal in die Einsamkeit begeben muß, um zu sich selber zu finden. Das heißt aber nicht, daß man diese Momente der Besinnung mit Isolation verwechselt und Einsamkeit zu Vereinsamung führen muß. In einer Zeit, in der die Kinder und Jugendlichen immer mehr Zeit mit dem Walkman, mit Fernsehen, Videos und Computerspielen verbringen, ist es notwendiger denn je, zu einem Aufeinanderzugehen, Miteinanderreden, zu Gemeinschaft und Geselligkeit zu erziehen. Dieses Aufeinanderzugehen ist im wahrsten Sinne des Wortes auch eine leibliche Angelegenheit. Auch das ist ein Zeichen unserer Kommunikationslosigkeit, daß man immer mehr versucht, auf Distanz zu gehen. Wie gut tut einmal eine Umarmung, ein ehrlicher, fester Händedruck, ein Schulterklopfen usw. Man gewinnt aber heute, ganz im Gegensatz zu der sonst überall propagierten Freizügigkeit, den Eindruck, daß wir im Verhältnis zum anderen immer mehr Scheu entwickeln. Wie gesagt, über den vielen Diskussionen und Auseinandersetzungen verlernen wir das Sichzusammensetzen zu einem netten Gespräch oder, um es bayerisch zu sagen, zu einem gemütlichen »Ratsch«. Passen wir also auf, daß es nicht soweit kommt, wie Georg Thomalla satirisch einmal meinte: »Wirklich einsam ist der Mensch, wenn er die Zeitansage anrufen muß, um mit jemand plaudern zu können.«

Frieden den Menschen auf Erden,
Frieden, so hieß es, soll werden.
Und was ward seit der Zeit
mit dem Frieden bis heut?
Wo man hinschaut nur Streit,
nur Krieg, Kampf und Leid.
Wo bleibt das Besinnen,
der Mut zum Beginnen,
an die Botschaft zu denken
und Frieden zu schenken?
Bevor wir's nicht schaffen,
uns im Kleinen aufraffen
den andern zu achten,
nicht als Gegner betrachten,
nicht geben, nur nehmen
und uns nicht bequemen,
statt wehtun zu heilen,
statt fordern auch teilen,
ist den Menschen der Frieden
noch lang nicht beschieden.

Ohne viel Papierkram: Verständnis füreinander

»De Woch' fangt scho guat o«, soll der Räuber Kneißl an jenem Montag gesagt haben, als er hingerichtet wurde. Nun, beim Schreiber dieser Zeilen geht die Woche wirklich meistens gut an, denn da spielt er in aller Herrgott's Früh schon mit seinen lieben Freunden, den Montagskickern des FC Bayern, allen voran dem unvergleichlichen Karl Pfab, der mit seinen 86 Jahren immer noch im Tor steht und wie weiland Zamora oder der Maier Sepp die schärfsten Granaten lässig wie harmlose Stubenfliegen abfängt.

Ja, die Woche fängt tatsächlich deswegen gut an, weil ich immer noch eine Riesenfreude am Fußballspielen habe und es mich immer noch in meinem vom Dr. Laubender hin und wieder aufgemöbelten Wadl zuckt, wenn ich an irgendeinem Fleck ein paar kleine Buben Fußball spielen sehe. Da kommt nämlich auch die Erinnerung hoch, wie ich damals meine ersten Kickversuche in der Eichendorffanlage unternommen habe. Und nicht nur, daß wir eine riesige Freude damals hatten, von der ich, wie gesagt, bis heute zehre. Mit den Spezln von damals, dem Klein Paul und dem Schmidbauer Dietmar usw. verbindet mich bis heute eine echte Freundschaft.

Warum ich das alles schreibe: In unserer Nähe ist eine Anlage, die mich fast ein wenig an mein »Kindheits-Wimbledon-Stadion« am Eichendorffplatz erinnert. Leider ist sie in der letzten Zeit seltsam unbevölkert geblieben. Drum blick' ich ganz erstaunt, als ich, eines Tages früher heimkommend, die vertrauten Kinderrufe »Ecke«, »Elfer« oder »Tor« höre und etwa acht kleine Buben auf der Wiese der Anlage spielen sehe. Nachdem ich entdeckt habe, daß auch mein Bub mitspielt, der offensichtlich doch ein paar Freunde gefunden hat, die da Laufen, Springen, Trippeln und Hechten noch nicht als Körperstrafe ansehen, kann ich es als ehemaliger Hilfstrainer beim FC Laim nicht lassen, einige spieltaktische Beobachtungen anzustellen.

Ich werde jäh aus meinen Beckenbauerschen Überlegungen gerissen, als ein riesiger Wolfshund in die Anlage stürzt, zunächst einmal hinter dem durchgebrochenen Linksaußen herjagt, um dann anschließend sich in den Ball festzubeißen. Die Besitzerin des Tieres verfolgt wohlgefällig dieses Treiben. Als ich sie schließlich bitte, den Hund doch an die Leine zu nehmen, werde ich zunächst einmal mit einem »Der tut doch nichts« besänftigt, um dann anschließend noch zu erfahren, daß Leute wie ich, die keine Tiere mögen, auch keine Kinder mögen. Und das muß ausgerechnet ich mir als engagierter Tierfreund sagen lassen.

Kaum haben Hund und Besitzerin die Anlage verlassen, und das Spiel hat wieder begonnen, rennt eine andere Frau wütend auf mich zu und fragt, ob ich für dieses Spiel verantwortlich wäre. Sie erklärt mir, daß sie in der Nähe der Anlage wohne und ihr Mann, der um 16 Uhr nach Hause käme, nicht schlafen könne, weil die Kinder so schreien. Dann verweist sie mich auf ein inzwischen von Sträuchern zugewachsenes Schild, auf dem steht, daß Hunde an der Leine zu führen sind, aber auch, daß das Betreten der Rasenfläche und das Fußballspielen darauf verboten ist.

Ich überlege, welchen großen bürokratischen Aufwand es geben wird, wenn ich überprüfen lasse, wie weit ein Schild »Betreten des Rasens verboten« sinnvoll ist, wenn andererseits von der Stadt auf dieser Rasenfläche eine Schaukel für die Kinder angebracht worden ist.

Daß ich meinen Optimismus inzwischen etwas zurückgewonnen habe, verdanke ich dem liebenswerten Gartenoberrat Brunner. Ich hatte ihn vor einiger Zeit kennengelernt und habe ihn nun einfach angerufen, um ihm die Anlagengeschichte zu erzählen. Einen Tag später erschien er nach Dienstschluß und schaute sich den Ort der Handlung an. Und entschied innerhalb ein paar Sekunden, daß man mit einem zeitgemäßeren Schild die Angelegenheit so lösen könne, daß den Kindern in der Anlage eine Spielmöglichkeit geboten wird. Ist es nicht erfreulich, daß es immer noch solche Leute gibt, die ohne langen Papierkram gescheit und vernünftig entscheiden können, weil sie eben das Herz auf dem rechten Fleck haben?

Und das Herz braucht es halt allemal, daß aus dem

Verstand des Menschen eine der wichtigsten menschlichen Haltungen wird: das Verständnis füreinander.

Stirnrunzeln – aufmerksam gemacht.
Erhobener Finger – Neugier erwacht.
Verbot – Begierde entfacht.
Strafe – zum Übertreten gebracht.
Lachen – weggelacht.

Nächstenliebe

Da gibt es jenen weisen Spruch, daß es besser ist, eine Kerze anzuzünden, als über die Dunkelheit zu schimpfen, oder, daß es sinnvoller ist, seinem Nachbarn eine kleine Freundlichkeit zu erweisen, als ständig die ganze Menschheit retten zu wollen. Der Philosoph Immanuel Kant hat einmal die wichtigsten Fragen der Menschheit so bezeichnet: »Was kann ich wissen? Was darf ich hoffen? Und was kann ich tun?« Vom Vorsatz zur Ausführung desselben ist es bekanntlich meist ein sehr, sehr langer Weg, der in unseren Tagen immer mehr gepflastert ist von allen möglichen Paragraphen und Verordnungen. Der barmherzige Samariter, jenes fundamentale Gleichnis des Neuen Testaments, wandte sich seinerzeit schon gegen einige Verordnungen und Regelungen, die man bei allem möglichen Tun zu beachten hätte. Und in großartiger Weise wurde aufgezeigt, daß man eben da hinlangen muß, wo es nötig ist, wo der Nächste einen braucht, und daß man aus dieser Notwendigkeit gleich zur Tat schreitet und nicht vorschiebt: Ich wüßte, man müßte. Man müßte nachdenken, wie man etwas tut, man müßte über das nachdenken, diskutieren, man müßte eine Kommission zur Diskussion über das Nachdenken einberufen usw., bis nichts mehr hilft. Als häufiger Vorwand, daß man nicht zugreifen, nicht handeln müsse, wird dann die Überlegung genannt, daß man mit der augenblicklichen Handlung ja doch nicht sehr viel verändere, ja sogar das Gewissen beruhige, wenn geholfen würde; das aber würde nur die Tatsache verschleiern, daß das größere Ganze eben nicht in Ordnung wäre. Man kann natürlich argumentieren, daß, wenn an einer gefährlichen Wegkreuzung ein Unfall passiert ist, man das Opfer einfach liegen lassen solle, um die Öffentlichkeit darauf aufmerksam zu machen, daß diese gefährliche Kreuzung endlich beseitigt werden oder mit Ampeln gesichert werden müsse. So hätte man natürlich auch beim Gleichnis vom barmherzigen Samariter argumentieren können. Die Hilfe am Verletzten ändere nicht den Zustand, daß es Räuber gäbe, und man müsse wohl zunächst fragen, was in diesem Lande faul sei, daß es überhaupt zu Raubüberfällen kommt. Man hätte also den Hebel ganz woanders anzusetzen. Morgen würden die Räuber wieder kommen und neue Leute überfallen, und dieses Unwesen nähme wohl nie ein Ende. Da ist sicher etwas Wahres dran, und natürlich muß man auf das Nächste *und* das Fernere hin denken. Sehr häufig ist aber dieser Gedanke an das Fernere auch ein bequemes Ruhekissen für die Gegenwart und für das, was unseren Einsatz erfordert. So wie das Michael Ende so meisterlich schildert, wenn er Gründe nennt, beim Ausbrechen eines Brandes nicht zu löschen und für sich selber das Zutreffende anzukreuzen, z. B.:

»Weil man sich für wichtigere Aufgaben bereithalten muß, zu denen man möglicherweise gerufen werden will.

Weil man auf Anweisung von oben warten muß.

Weil man zunächst alle anderen vom Ausbruch des Brandes benachrichtigen muß.

Weil es sowieso schon zu spät ist und nicht mehr lohnt, usw.«

Bert Brecht hat einmal sehr gut die Situation geschildert, wie jemand einen Obdachlosen in irgendeiner Straße New Yorks zu sich aufnimmt, ihn bewirtet und ihm einen schönen Abend bereitet, und er stellt dann selbst die Frage: Was hat das eigentlich gebracht? Der Obdachlose wird am nächsten Tag wieder herumirren, es wird immer wieder Obdachlose geben. Aber er gibt dann auch die Antwort. Für ein paar Stunden konnten Regen und Unwetter diesem Menschen nichts anhaben, und diese paar Stunden sind auch Leben, vielleicht *das* Leben.

Von ganz großen Taten reden mehr als genug,
aber wer tut was Kleines dazu?
Ja, die Nächstenliebe wär gar nicht so schwer,
wenn der Nächste nicht gar so nah bei uns wär.

Dieses und Ähnliches predigte unser Pfarrer Pater Steck am Sonntag in der Messe, und ich fühlte mich in meinen Gedanken, die ich immer wieder mündlich und schriftlich äußerte, bestätigt. Vielleicht hatte er sogar meinen Artikel in der Zeitung gelesen, oder er knüpfte noch einmal an meinen Vortrag an, den ich vor ein paar Wochen in der Pfarrei mit großem Echo gehalten hatte. Ich schaute mich um, ob ich nicht einige zustimmende Blicke und Gesten der Kirchenbesucher wahrnehmen könnte, die mir bestätigten, daß ich nicht zuletzt aus diesem Grunde ein hochgeschätztes Mitglied unserer Gemeinde wäre. »Also«, hörte ich den Pfarrer die Predigt schließen, »könnte man beispielsweise daraus die Folgerung ziehen, daß man einen, den man in der Gemeinde nicht besonders mag, als einen Beweis christlicher Nächstenliebe eine Freude machen könnte.«

Ich weiß bis heute nicht, wie ich es deuten soll, als nach dem Gottesdienst eine Frau aus der Gemeinde, mit der ich ein paarmal in irgendeiner Kommission zu tun gehabt hatte, auf mich zukam und meinte: »Wissen's, des, was der Herr Pfarrer am Schluß g'sagt hat, hat mir sehr zum Denken geb'n. Aus dem Grund möcht ich Sie heut ganz spontan einmal zu unserer Familie zum Essen einladen.«

Der weite Weg zum Nächsten

Auch zu Zeiten von Weltreisen
und Raketenflügen ist
die Entfernung nicht geringer,
der Abstand nicht kleiner,
das Gehen nicht leichter geworden:
der weite Weg zum Nächsten:
der schwierige Weg
zum Umgang mit andern.

In einer anonymen Welt wieder Namen geben

Da passierte vor einiger Zeit die aufsehenerregende Geschichte, daß drei Wale im Eismeer festsaßen und sich in Lebensgefahr befanden. Die drei Tiere bekamen Namen zugewiesen, und für einige Tage standen diese Namen sogar in den Schlagzeilen mancher Zeitungen. Wie man weiß, ist die Geschichte einigermaßen gut ausgegangen. Zwei der Tiere wurden durch eine beispiellose Aktion der Völkerverbindung gerettet. Eine schöne Geschichte der Tierliebe, möchte man denken, wenn da nicht eine ganze Reihe von Fragezeichen wäre.

Da wurden und werden jahrelang ganze Herden von Tieren, auch Wale, abgeschlachtet, in dem Augenblick aber, in dem drei dieser Tiere bekannt sind, einen Namen bekommen haben, fühlt man sich plötzlich für sie verantwortlich.

Damit ich nicht falsch verstanden werde, ich finde diese Aktion großartig. Ich glaube aber, daß uns diese Geschichte in mehrfacher Weise zu denken geben sollte. Da ist zunächst einmal die Tatsache, daß es offensichtlich notwendig ist, daß der Mensch verantwortlich zu denken lernt, daß er aus der anonymen Masse jemand kennenlernt, für den er sich verantwortlich weiß. Nationen, die ohne große Skrupel aus irgendwelchen ideologischen und Macht-Gründen im Krieg Menschen abschlachten, ohne Skrupel mit allen Grausamkeiten einer modernen Kriegführung meist aus fadenscheinigen Vergeltungsgründen heraus sogar unschuldige Kinder eines grausamen Todes sterben lassen, starten plötzlich wegen der drei (durchaus schützenswerten) Wale eine riesige Rettungsaktion.

Mir fällt jene herrliche Geschichte vom Soldaten Schwejk ein, wo dieser plötzlich im Kornfeld einem Feind begegnet, und wie sie, statt einander abzuknallen, ins Gespräch kommen, ihre Namen nennen, über ihre Familie sprechen, Bilder von zu Hause herzeigen und plötzlich von Mensch zu Mensch fast zu Freunden werden.

Müßte man nicht im Sinne einer guten Friedens- aber auch Umwelterziehung alles mögliche dazutun, daß wir in unserer so anonymen Welt den anderen und das andere wieder mehr beim Namen nennen können? Der »Name«, sagt Goethe zwar, »ist Schall und Rauch«. Name kann aber mehr sein. Wissen wir doch, daß wir einen Lehrer besonders schätzten, wenn er sehr schnell unseren Namen wußte, auch da, wo er uns zurechtwies.

Nachweislich trägt es zu einer besonders guten Schulatmosphäre bei, wenn ein Oberstudiendirektor namens Anton Leitner in einem großen Germeringer Gymnasium, wie ich mir habe sagen lassen, den Namen jedes einzelnen Schülers, von der 5. bis zur 13. Klasse, kennt. Nun, das wird schon wegen der enormen Gedächtnisleistung eine Ausnahme bleiben müssen. Aber sollten wir uns nicht in unserem Umfeld mehr bemühen, den einzelnen wieder in seinem Namen, in seinem Wesen kennenzulernen. Ihn nicht einfach als »den Türken«, »den Preußen«, aber auch »den Angestellten«, »den Antragsteller« mit einem »der da«, »die da« abzutun.

Unsere Gesellschaft wäre gut beraten, wenn sie dem Trend, alles in Zahlen, Buchstaben-Abkürzungen zu erfassen, begegnen würde und so das einzelne, den einzelnen in seiner Eigenart, in seiner Liebenswertheit herauszuholen versuchte, und sei es nur in der Form des Kose- und Spitznamens. »Der einzige Name«, sagt Boleslaw Barlog, »der den Menschen wirklich charakterisiert, ist sein Spitzname.« Denken wir wieder an unsere Schulzeit. Haben wir nicht einen besonderen Bezug auch zu jenem Lehrer gewonnen, dem wir einen Spitznamen verliehen hatten?

Den Menschen und den Dingen um uns herum wieder Namen zu geben, erfordert ein wenig Zeit. Wir müssen uns mit ihnen vertraut machen. Aber es lohnt sich.

Dem anderen eine Chance geben, daß er unser Freund wird, bedeutet, daß wir versuchen, ihm namentlich zu begegnen. Und da erinnere ich mich auch an eine Strophe des so schönen Liedes »Weißt du wieviel Sternlein stehen«, die heißt: »Gott der Herr rief sie mit Namen, daß sie all ins Leben kamen, kennt auch mich und hat mich lieb.«

Ich will mich verwirklichen.
Ich will in mich gehen,
ich will mich verinnerlichen,
ich will mich selber erfahren,
ich will Selbsteinkehr halten,
ich will zu mir kommen,
schrie er
und geriet dabei
ganz außer sich.

Reden,
Rhetorikkurse,
Konferenzen,
Debatten,
Talkshows,
Interviews,
Diskussionsrunden.
Noch nie haben
die Menschen
soviel geredet,
geredet, geredet.
Miteinander?
Nein, aneinander vorbei.

Aufeinander zugegangen,
um aneinanderzugeraten;
zusammengesetzt,
um sich auseinanderzusetzen;
beredt
aneinander vorbeigeredet,
über Frieden
gestritten,
den andern über Meinungsfreiheit
die Meinung gesagt.
Ganz schön anstrengend,
aber er lohnt sich
so ein Kommunikationstag.

Fremde und Andere

Was löst dieses Wort »fremd«, »der Fremde« eigentlich bei uns aus? Zunächst einmal eine ganz natürliche Reaktion, das Andersartige be-fremdet in der Regel. Man ist überrascht, vielleicht sogar interessiert, aber in einer gewissen Weise auch zurückhaltend, vorsichtig. Man kennt den andern nicht, man kennt sich nicht aus, man weiß nicht, was uns erwartet. Das Fremde ist eben nicht das Heimatliche. Es ist uns irgendwie unheimlich. Auch wenn wir es nicht wollen, wehren wir uns teilweise instinktiv. Wie ist unser Verhältnis zum Fremden? Ja, kann man überhaupt von uns verlangen, daß wir dem Fremden bedingungslos gegenüberstehen? Muß man nicht den auch verstehen, der sich reserviert verhält, der sich zunächst einmal zurückhält? Ist nicht das Verhältnis zum anderen oft dadurch am meisten belastet, weil wir in der Theorie, im Wort zwar unglaublich offen sind, die Praxis aber anders aussieht, ja manchmal auch ganz anders aussehen muß, denn eine absolute Offenheit ist eben unrealistisch. Möglicherweise wird man dem Fremden aber auch gar nicht ganz gerecht, wenn man ihn bedingungslos ans Herz drückt, wenn man alles Fremde automatisch integrieren, sich mit ihm verschmelzen will. Wir haben im Deutschen das treffende Wort »Mit-ein-ander«, und da steckt ja dieses Wort, der andere, mit drinnen. Man läßt den anderen auch einmal sein, man verschließt sich ihm gegenüber nicht, ja schließt sich ihm auch auf, aber man läßt ihn in seiner Andersheit sein. Toleranz heißt ja auch nicht, daß man seinen eigenen Standpunkt aufgeben muß, sondern daß man versucht, den andern von seiner Andersartigkeit her zu verstehen. Man versetzt sich in den anderen hinein. Dazu ist freilich notwendig, daß man selber einen Standpunkt hat, sich nicht einfach nur aufgibt. Das beste Verhältnis zum anderen, zum Fremden, ist nun allemal, daß man versucht, ihn kennenzulernen, mit ihm überhaupt ins Gespräch kommt, dem anderen auch etwas von seinem Eigenen zeigt, von seiner Kultur, seiner Weltanschauung, aber auch seiner Religion. Miteinander, das bedeutet kein bloßes Mischmasch, kein Unterbuttern, es bedeutet vielmehr ein gewisses Maß an Selbstbewußtsein, sich zu freuen, daß man selber jemand ist. Um tolerant zu sein, muß man sich nicht nur nach der Meinung der anderen richten oder immer schauen, was die anderen von einem denken könnten. Im übrigen wären manche, die immer nur daran denken, was andere von ihnen denken, oft recht überrascht, wenn sie wüßten, wie wenig die anderen überhaupt über sie nachdenken. Das beste Verhältnis dem anderen gegenüber ist wohl das, daß man eben jenes rechte Maß zwischen Distanz und Intimität findet. »Die Distanz«, sagt Max Müller, »ist die Voraussetzung der Intimität und die Intimität die Voraussetzung für die Distanz.« Es ist weder richtig, sich selbst absolut zu setzen, noch das andere, das Fremde. Man muß sich nicht besser als die anderen vorkommen, muß sich aber auch nicht automatisch als dümmer, minderwertiger ansehen. Da gibt es im übrigen den sinnigen Spruch von Cocteau: »Halte dich immer für dümmer als die anderen – sei es aber nicht!« Hans Maier hat einmal als Beispiel für ein gutes Verhältnis dem Fremden gegenüber den Begriff des »Abholens« gebraucht. Abholen, das bedeutet, daß man dem anderen, dem Fremden, entgegenkommt, versucht, seine Sprache zu verstehen, aber auch seine Geschichte, seine Lebensgewohnheiten, ohne daß man die eigenen über Bord wirft. Dann erst, meine ich, kann es zu einem guten Neben-, vor allem aber auch Miteinander kommen, zu einer Vielfarbigkeit und fröhlichen Gemeinschaft und Geselligkeit entsprechend dem Vierzeiler von Christian F. Gellert:

»Du hast das nicht, was andere haben,
und anderen mangeln deine Gaben.
Aus dieser Unvollkommenheit
entspringt die Geselligkeit.«

Vorurteile

Die Italiener sind faul,
die Schotten geizig,
die Schweizer langweilig,
die Engländer hochnäsig,
die Deutschen voller Vorurteile.
Oder ist das nur ein
Vorurteil?

Wir spielen und werden gespielt

Wenn etwas geschehen ist
und es stand in der Zeitung,
daß es nicht geschehen ist,
oder
wenn etwas nicht geschehen ist
und es stand in der Zeitung,
daß es geschehen ist,
dann muß man davon ausgehen,
daß die Geschehnisse nicht geschahen,
bzw. die Nichtgeschehnisse geschahen,
weil die Presse immer recht hat.
Das habe ich nämlich gelesen
in der Zeitung.

Weltorientierung

Wie oft nehmen wir den Begriff »Bildung« in den Mund, ohne darüber nachzudenken, was man darunter verstehen könne. Der Philosoph Max Müller hat Bildung einmal definiert als »Orientierung des ganzen Menschen in der Welt«. Eine sehr gescheite und wichtige Definition, wenn man daran denkt, daß es eben in der Bildung nicht nur darum geht, beispielsweise intellektuell auszubilden, sondern daß der ganze Mensch gefragt ist.

Nun macht man vielleicht den Fehler, daß man glaubt, diese Bildungsdefinition nur im späteren Alter anwenden zu dürfen. Meines Erachtens beginnt diese Orientierung des ganzen Menschen in seiner Welt aber schon sehr früh, die notwendige Grundlage jeder Bildung wird in den frühesten Jahren gelegt. Was ist aber eine solche Orientierung?

Das ist sicher schon von Anfang an eine intellektuelle und geistige Orientierung, aber vor allem auch eine leibhaftige Orientierung. Orientierung verschafft man sich nicht zuletzt durch selber gehen, erfahren, etwas wahrnehmen. Weltorientierung ist ein Erlernen, wie man sich in der Welt bewegen kann. Ich meine dieses Bewegen ganz konkret. Gesunde Kinder sind dabei von Hause aus bewegungsfreudig.

Da mutet es betrüblich an, wenn wir von Ärzten

und Sportpädagogen erfahren, daß die Bewegungsfreude und damit die Beweglichkeit der Kinder in den letzten Jahren immens nachgelassen hat, es immer mehr tolpatschige Kinder gibt, die bewegungsbehindert, ja geradezu fast bewegungsunfähig geworden sind.

Die Gründe dafür sind verschieden. Da ist zum einenmal die Tatsache, daß der Bewegungsraum unserer Kinder, vor allem in der Großstadt, stark eingeschränkt ist, daß man immer weniger geht, sondern gefahren wird. In dem Maße, in dem der Fernseher immer länger geht, geht das Gehen zurück. Man ergeht sich immer weniger und wartet vielmehr, was auf uns zukommt: Was kommt denn heute abend im Fernsehen? Nicht zuletzt durch den Wegfall des Schulwegs geht es den Kindern schlechter.

So müssen wir uns allmählich etwas einfallen lassen, um früher selbstverständliche Erfahrungen, Bewegungen usw. dem Kind überhaupt noch zu vermitteln. Wenn wir von erfahrenen Pädagogen hören, daß Kinder immer größere Koordinierungsschwierigkeiten haben, beispielsweise immer weniger in der Lage sind, einen Ball zu fangen, wenn wir weiter vernehmen, daß die Kinder in dem Ausmaß unfallanfälliger geworden sind, als sie Bewegungsschwierigkeiten haben, nicht mehr richtig fallen können usw., dann hat das sicher seinen Grund, daß manches, was man früher fast selbstverständlich, natürlich gelernt hat, nicht mehr stattfindet: das Hüpfen, Springen, Ausweichen, Klettern, Hangeln usw.

So sind beispielsweise die Straßenspiele, in denen man auf einem Bein hüpfen mußte, das Verstecksti, Fangermandl, Räuber und Schandi spielen, in denen man eventuell auch einmal geklettert ist, sich ducken mußte usw., immer mehr aus der Mode gekommen. Damit ist also heute als Ersatz für diese nicht mehr vorhandene natürliche Erlernung von Bewegung schon im Kindergarten geradezu eine Bewegungserziehung erforderlich.

Anstatt ständig nur von den großen Weltproblemen zu sprechen, sollten wir uns auch um das, was sich unmittelbar vor unserer Tür abspielt, kümmern. Denn Weltorientierung beginnt in unserer unmittelbaren Umwelt. Aber dieser erste konkrete Schritt fällt meist schwerer als eine theoretische Weltreise.

Wünsche eines Kindes

Ich wünsche mir einen langen Tag
ganz ohne alle Uhren
und auch Erwachsene, die nicht
stets auf Termine luren.
Ich wünsch mir Papa mit viel Zeit
für mich und meine Fragen
und daß Erwachsne nicht so oft
nur jammern oder klagen.
Ich wünsch mir, daß man mich mal fragt,
warum ich manchmal weine.
Ich wünsch mir, daß man mir mal sagt:
»Ich mag dich, meine Kleine!«
Ich wünsch mir, daß man nicht stets mahnt,
»Nicht jetzt doch, denk an später!«
Ich wünsch mir, daß ich ich sein darf
und nicht ein »Man« und »Jeder«.
Ich wünsch mir Lehrer mit Humor
und solche, die gern lachen.
Daß ich nicht nur gescheit sein muß,
mal träumen darf im Wachen.
Frohe Gesichter um mich rum,
die nicht im Alter rosten.
Bekomm die Wünsche ich erfüllt?
Wohl kaum, weil sie nichts kosten.

Zeit

Wofür haben wir Zeit?
Für Zeitbetrachtung.
Für Zeitkritik und Zeitverdruß.
Für den Zeitgeist.
Für Freizeitangebote.
Für Streß.
Für Zeitrationalisierungsüberlegungen.
Für Zeitforderungen.
Für Zeitvertreiber.
Für Zeitverschiebung.
Für Zeiteinteilung.
Nur nicht Zeit
für – einander.

Der Engelchor kreist jetzt vollautomatisch

Auf seiner Suche nach dem, was von der Heils- und Friedensverkündigung in der Heiligen Nacht in unsere Zeit herübergekommen ist, irrte der kleine Prinz durch die vorweihnachtlichen Straßen der Stadt. Da plötzlich erblickte er ein Geschäft, in das sich verhältnismäßig viele Kinder drängten. Es war ein Spielzeugladen. »Vielleicht«, überlegte der kleine Prinz, »finde ich da, wo so viele Kinder sind, etwas mehr vom Heil.«

Ermutigt durch die große Aufschrift im Fenster, »Freude durch unser weihnachtliches Spielzeugangebot«, betrat er den Laden. Mein Gott, was gab es da alles zu sehen und zu hören. Ein freundlicher Herr vor ihm beriet gerade eine Frau: »Also, wenn Ihr Kind noch nicht in die Schule geht, ist das Beste, daß Sie sich unsere Lernspielabteilung anschauen.« Der kleine Prinz ging hinter der Frau her und hörte nun, wie die Verkäuferin die Spiele erklärte.

»Die Psychologen und Pädagogen«, sagte sie, »haben erkannt, daß die Zeit der Kindheit vor der Schule weitestgehend wissenschaftlich unausgenützt ist. Die Kinder spielen in dieser Zeit, wenn ich so sagen darf, mehr oder weniger drauflos, ohne etwas zu lernen. Das kognitive Potential des Kindes«, pädagogisierte sie, »bleibt weitgehend ungenützt. Und deshalb haben sich verantwortliche Leute der Spielzeugindustrie zusammen mit Pädagogen und Psychologen Lernspiele ausgedacht, damit sie rechtzeitig auf ihre spätere Rolle in der Gesellschaft vorbereitet werden. Mit Lernspielen, Sie werden sehen, lernen die Kinder spielend Lesen, Rechnen, Schreiben, logisches Denken, Biologie, Geographie, Umgang mit Geld usw. usf. Sie wissen ja, was Hänschen nicht lernt, lernt Hans nimmermehr. Mit Lernspielen wird Ihr Kind spielend zum Erwachsenen. Lernspiele«, pädagogisierte die Verkäuferin weiter, »sind der Schlüssel zum Erfolg.«

»Aha«, dachte sich der kleine Prinz, »das Heil ist also der Erfolg. Wenn man erfolgreich sein will, dann darf man keine Zeit mit dem Spielen verlieren und muß möglichst schnell erwachsen werden.«

Aber wie war das mit dieser Stelle, die er mal gelesen hatte, was in späteren Jahren von dem gesagt wurde, der als kleines Kind in Bethlehem geboren ward: »Wenn ihr nicht werdet wie die Kinder«? Ob die Erwachsenen eigentlich nicht auch einmal wieder von den Kindern lernen sollten, wie sie sich freuen, spielen können, ohne gleich an den Erfolg zu denken? Der kleine Prinz ging ein paar Schritte weiter. Erstaunt betrachtete er einige der vollautomatischen Spielsachen.

Eisenbahnen, die bei einem Knopfdruck vollautomatisch ihre Bahnen fuhren, und Puppen, die sich wie Roboter bewegten, sich an- und auszogen, redeten und aßen. »Sehen Sie«, hörte er, wie die Verkäuferin zu einem Vater sagte, »alles elektrisch, mit Batterie betrieben, Knopfdruck genügt. Ist das nicht eine Freude für das Kind?« »Freude«, dachte sich der kleine Prinz, »ist Freude da, wo ich nichts mehr tun muß? Aber vielleicht besteht die Freude des Kindes darin, daß es, während das Spielzeug ganz von selber spielt, in der Zeit mit etwas spielen kann.«

Und der kleine Prinz ging weiter. Was es da nicht alles zu entdecken gab: kleine Roboter, die Karateschläge naturgetreu ausführten, Videokassetten mit dem Krieg der Sterne, und daneben die Figuren, ausgerüstet mit den neuesten Modellen der Laserpistolen, Kampfflieger oder Kampfraketen. Alles Plastik und unverwüstlich. Über einen großen Fernsehapparat lief gerade eine Kassette mit einem Zeichentrickfilm ab, in dem sich die kleinen Trickfiguren quietschend bis aufs Messer bekämpften, in die Luft sprengten, ertränkten, zerstückelten und plattwälzten und sich vor Freude, vor Schadenfreude überschlugen. Beim Verlassen des Spielzeugladens entdeckte der kleine Prinz in der Ecke noch eine Krippe. Ein Engelchor kreiste darüber und verkündigte mit lieblicher Stimme: »Wir verkünden Euch große Freude, die Euch widerfahren ist. Friede den Menschen auf Erden.« – Vollautomatisch, versteht sich.

Wer nur auf die Zukunft schaut,
nicht der Gegenwart vertraut,
wer nur hin zum Morgen strebt
und das Leben heut nicht lebt,
lebt sein Leben vor allen Dingen,
um es hinter sich zu bringen.

Verlorene Kindheit

Auf den ersten Blick scheint es unsere Gesellschaft ja mit den Kindern recht gut zu meinen. Was man da nicht alles für sie herstellt: Kindermöbel, Kinderzahnpasta, Kinderschokolade. Und für die Freizeit des Kindes sorgen: Kinderbücher, Kinderfilme, ja es gibt einen eigenen Kinderfunk. Seit ein paar Jahren sind in Bayern auch die neuen Grundschullehrpläne in Kraft getreten, in denen so schöne Sätze stehen wie, daß die Orientierung am Kind im Mittelpunkt des Unterrichts zu stehen habe, Eigenart und Lebenssituation des Kindes berücksichtigt und Hilfen zu einer persönlichen Entfaltung und Selbstverwirklichung gegeben werden.

Da und dort beschleichen mich aber bei den vielen guten Ansätzen doch Zweifel an der Verwirklichung dieses Satzes. Ich will hier gar nicht von den leider immer noch gehörten Fällen von Kindesmißhandlung sprechen, es gibt auch die »sanftere« Form des Kindesmißbrauchs, bei dem man das Kind lediglich für seine eigenen Zwecke und Interessen vorschiebt. Man mag zwar bei Demonstrationen, in denen man Kinder marschieren läßt, vorgeben, daß es auch um deren Zukunft geht. Ich wage aber trotzdem zu behaupten, daß die Kinder hier nur als Mittel zum Zweck gebraucht werden. Überhaupt sind ja Kinder in der Politik ein gern eingesetztes Mittel, um die »Menschenfreundlichkeit« des jeweiligen Politikers in Wort und Bild zu dokumentieren. Auf wie vielen Wahlplakaten ließen sich gerade inhumane Diktatoren mit Kindern fotografieren, um Humanität vorzutäuschen...

Ein weiterer Mißbrauch geschieht aber auch da, wo das Kind vor allem in seiner Rolle als Konsument gesehen wird, wo man alles Mögliche dransetzt, dem Kind bereits Interessen von Erwachsenen einzuimpfen, um dann bei den entsprechenden Waren einen größeren Absatz zu finden. Der amerikanische Medienpädagoge Neil Postman spricht in seinem Buch vom »Verschwinden der Kindheit«. Schrumpfen die Kindheitsjahre heute nicht vornehmlich dadurch immer mehr zusammen, daß man die Kinder als »Mini-Erwachsene« betrachtet, sie möglichst früh in die Rolle des zukünftigen Erwachsenen hineindrängt? Wieviel wird den Kindern von ihrem kostbaren Gut, der Zeit des Kindsein-Dürfens genommen, wenn man diese immer nur als eine Art Vorbereitung, als eine Art Noch-nicht-Erwachsensein versteht!

Dieser Raub der Kindheit wird manchmal auch von Eltern vorgenommen, die, wie sie sagen, eigentlich nur »das Beste« für ihre Kinder wollen. Meine Kinder sollen es einmal besser haben als ich, wird häufig als Begründung gesagt, dafür, daß man den Nachwuchs bereits früh in alle möglichen Kurse schickt, ihn auf das spätere Erwachsensein so vorbereitet, daß der Terminkalender eines Kindes häufig dem eines Managers gleicht.

Wie sagt doch Jean Paul so schön: »Kinder und Uhren dürfen nicht beständig aufgezogen werden, man muß sie auch gehen lassen.« Dies bedeutet nicht, daß man sich plötzlich wieder der antiautoritären Erziehung erinnern müßte und nicht wüßte, daß die Kinder die Hilfe und die Führung der Erwachsenen recht oft brauchen und daß auch Erziehung mit Vorbereitung zu tun hat. Treffend heißt es in den Grundschullehrplänen, daß die Schule Zukunft und Gegenwart des Kindes gleichermaßen ernst zu nehmen habe – daß man über der Zukunft nicht die Gegenwart vergißt. »Die Natur will«, sagt Rousseau, »daß die Kinder Kinder seien, ehe sie Erwachsene werden. Wollen wir diese Ordnung umkehren, so werden wir frühreife Früchte hervorbringen, die weder Saft noch Kraft haben: junge Gelehrte und alte Kinder.«

Lebenshilfe bedeutet, daß man dem jungen Menschen das Leben als etwas Lebens- und Liebenswertes aufzeigt. Dies ist aber wiederum nur da möglich, wo das Kind Raum und Zeit bekommt, seine Gegenwart als etwas Schönes zu erfahren. Das Recht des Kindes auf seinen heutigen Tag, das Recht des Kindes, so zu sein, wie es ist, ist damit gemeint.

Vielleicht sollten wir Erwachsenen öfter daran denken, daß die Kindheit eine vollwertige Daseinsweise des Menschen ist, daß jedes Kind voll und ganz Mensch ist und daß Älterwerden nicht nur Gewinn, sondern auch Verlust bedeutet. Wie heißt es doch bei Max Frisch: »Wir könnten Menschen sein – einst waren wir schon Kinder!«

Lebenslauf

Wir kommen nur,
um zu gehen.
Es geht uns nicht ein,
daß wir immer mehr
vorm Gehen davonlaufen,
laufend geraten wir
immer mehr außer Atem.
So verleben wir unser Leben,
indem wir im Laufe des Lebens
in unserem Lebenslauf
durch ständiges Überholen
dem Leben
davonlaufen.

Spielfreude gesucht

»Der Mensch spielt nur, wo er in voller Bedeutung des Wortes Mensch ist, und er ist nur da ganz Mensch, wo er spielt« (Schiller, Über die ästhetische Erziehung des Menschen). Spiel, das kann sein das erste Herumfingern des Babys mit seinem »Schäberl«, es kann sein ein hochkompliziertes Computerspiel, das »Mensch ärgere dich nicht«, der »Schwarze Peter«. Aber auch das Glücksspiel, der Spielautomat, ein Theaterspiel, das Spielen von Instrumenten, das Fußballendspiel usw. usf.

Immer wieder ist versucht worden, das Spiel genau zu definieren als etwas Zweckfreies, es macht den Menschen irgendwie in seinem Wesen aus, daß er spielen kann. »Spielen ist das dem Menschen innewohnende Prinzip«, sagt Edmund Burke. Huizinga hat sein Hauptwerk als »Homo ludens« überschrieben; der Mensch ist ein Spielender. Immer wieder ist das Leben des Menschen mit dem Spiel verglichen worden. Jakob Balde sagt in seinem berühmten Gedicht »Das Schachspiel«: »Wir spielen und werden gespielt.«

Denken wir einmal zurück an die Spiele unserer Kindheit. Da gab es zwar sicher noch nicht die von Spielzeug überquellenden Kinderzimmer. Ja, wo gab es überhaupt ein Kinderzimmer? Aber es wurde womöglich wesentlich mehr gespielt als heute. Dabei hat die Spielzeugindustrie heute Hochkonjunktur. Es mag vielleicht nostalgisch klingen, wenn wir feststellen, daß heute, trotz allen Überangebots an Spielzeug, an Spielfilmen, an spielerischem Lernen, an Lernspielen, an Computerspielen usw. weniger in einem menschlichen Sinne gespielt wird als früher.

Kein Zweifel, Spiele werden immer unkommunikativer. Die Spielfreude wird immer geringer. Wie oft erleben wir, daß Kinder vor vollen Spielzeugregalen sitzend fragen: Was sollen wir spielen, mir ist so langweilig. Man läßt sich etwas vorspielen, spielt aber selbst nicht mehr mit.

Kehren wir zu dem Gedanken zurück, daß das Leben mit einem Spiel verglichen werden kann. Wie im Leben gibt es nämlich einen Anpfiff und den Abpfiff, eine bestimmte Spielzeit, die uns zur Verfügung steht, in der wir unsere Chancen haben, die wir ergreifen, aber auch verspielen können.

Dieses Spiel erfordert unseren Einsatz, gleichzeitig ist es aber auch ein »Glücksspiel«. Man muß auch abwarten können, dann allerdings vielleicht die Gelegenheit beim Schopf ergreifen, etwas aus der Chance machen. Das Spiel kann glücken, aber man kann auch etwas verspielen. Da gibt es auch die Spielverderber. Das können die sein, die das Spiel überhaupt nicht ernst nehmen, aber auch solche, die es zu ernst nehmen. Das Spiel wie das Leben lebt aus der Freude, aber auch aus dem Mut. Man muß sich etwas zutrauen, man muß klug, ja manchmal sogar schlau, gewitzt sein, um im Spiel und im Leben bestehen zu können. Es gibt den intelligenten, aber auch den gewandten Spieler. Spiel erfordert nicht nur unseren Intellekt, sondern auch unseren Körper, unsere Geschicklichkeit.

Die Beispiele und Parallelen ließen sich beliebig vermehren. Vielleicht sollte man im Pädagogischen über diese Verflechtungen etwas mehr nachdenken und dem Spiel wieder größeren Stellenwert zubilligen. Spielfreude kann allerdings nur der erwecken, der selber sich eine gewisse spielerische Heiterkeit bewahrt bzw. erworben hat und damit ein gutes Beispiel gibt.

Lebenserwartung
Lebensstandard
Lebenserfolg
Lebenskampf
Lebensersparnisse
Das Leben meistern,
das Leben bewältigen,
mit dem Leben fertigwerden.
Leben, um es hinter sich zu bringen.

Meines Erachtens ist der beste Rat
der Rat,
Ratschläge abzulehnen.
Wer aber diesen Rat ablehnt,
wird Ratschläge weiter annehmen.
Darum macht mich das,
was ich raten soll,
ratlos.

Vom Geist der Gegenwart

Die Zeitverhältnisse,
die mißlichen Umstände,
die allgemeine Problemsituation,
meine genetische Konditionierung,
die gesellschaftlichen Zwänge usw.
versetzen mich in die glückliche Lage,
daß ich die bequeme Ausrede habe,
nicht ich selbst sein zu müssen.

Nicht die mangelnde Antwort auf Fragen,
nicht der fehlende Sinn läßt mich klagen,
nicht der Grund, der stetig entschwindet,
vielmehr, daß man's nicht mehr empfindet
beunruhigend, nicht mehr zu fragen,
läßt mich verzagen.

Umwelt ist Schöpfung

Dieses »Ja mei, was hat es genützt?« möchte man fragen, wenn man in den Tagen des Streiks durch die Städte gegangen ist. Abfall über Abfall auf den Straßen. Die Leute werfen, obwohl die Papierkörbe, Abfalleimer usw. bis über den Rand angefüllt sind, weiterhin ihre Dose, Bananenschalen, ihr Tempotaschentuch hinein oder besser gesagt hinauf, oder gar einfach daneben. Nach uns die Sintflut!

Was also hat's gebracht und genutzt, daß man überall seit Jahr und Tag (natürlich ganz und gar zu Recht) Umwelterziehung betreibt? Der Umweltschutzgedanke wurde sogar in die Verfassung aufgenommen. Die Kinder werden vom Kindergarten an mit Umweltfragen konfrontiert. Umwelterziehung ist groß geschrieben. Nicht nur grüne Parteien widmen der Umweltthematik einen guten Teil ihres Programms, allenthalben Umweltparolen, Umweltliteratur in rauhesten Mengen, Umweltaktionen usw. usf.

Gewiß gibt es mehrere Gründe für ein Versagen auf diesem Gebiet. Einer davon ist meines Erachtens der, daß wir die ganze Umweltproblematik viel zu theoretisch und viel zu verkopft angehen. Als Christ bedauere ich immer wieder, daß man sich den Begriff der Schöpfung hat zu sehr nehmen lassen. Denn dieser Begriff spricht mehr das Gemüthafte, aber auch unsere Verantwortung an. Vielleicht sollten wir doch versuchen, jedenfalls bei denen, die noch eine Antenne haben, den zweifelsohne dynamischeren und lebendigeren Gedanken der Schöpfung weiterzugeben und zu vertiefen, daß die Welt, unser Planetensystem, unsere Erde, Wasser und Gestein, Pflanze, Tier und Mensch etwas Geschaffenes sind, und wir Dank, aber auch Verpflichtung und Verantwortung für diese Schöpfung empfinden sollen.

Zu Recht hat der Pädagoge Pestalozzi von der Einheit von Kopf, Herz und Hand gesprochen. Wir dividieren den Menschen immer mehr auseinander. Ich gebe gerne zu, daß es notwendig ist, von Wirtschaft, Kapital und Geld zu sprechen. Und dennoch wird es weiter bergab gehen, wenn wir uns nicht auf die wichtigsten Fragen der Menschheit besinnen: die Frage nach dem Sinn des Lebens und unserer Verantwortung dafür. Sind in den letzten Jahren die ethischen und moralischen Fragen nicht immer weiter ins Abseits unseres Denkens gerückt? Sind wir nicht wirklich auf dem Weg, satt, bequem, apathisch zu werden, alles abzuschieben auf die Gesellschaft, den Leistungsdruck, die Zukunftsangst, die Politiker, die Verbände, die Gewerkschaften usw.? Haben wir uns bei der Hilfe für unsere neuen Bundesländer nicht zu einseitig auf das wirtschaftliche und finanzielle Geleis begeben und darüber vergessen, auch Sinnfragen anzuschneiden? Was bringen wir anstelle des marxistischen Denkens von unserer Seite ein? Aber was haben wir eigentlich auch noch einzubringen?

Man muß kein Pessimist sein, wenn man angesichts der immer mehr fortschreitenden Trägheit, im Westen für eine christlich, abendländische Denktradition einzutreten, Verfallserscheinungen im kulturellen aber auch wirtschaftlichen Sektor heraufkommen sieht. Ich glaube, es ist höchste Zeit umzudenken, gleichzeitig aber wieder ein Gespür und ein Gefühl für die wichtigen Dinge des Lebens zu entwikkeln. Dieser Prozeß muß meines Erachtens bei den Politikern, aber auch bei jedem von uns so schnell wie möglich einsetzen. Es ist höchste Zeit, daß wir von der egoistischen Selbstverwirklichungsideologie wieder zu einer Verantwortungsethik finden und, um mit dem Eingangsthema zu enden, wissen und spüren sollten, daß die Welt auf den Schlag viel sauberer werden könnte, wenn wir begännen, vor der eigenen Tür zu kehren.

Über allem prunkvollen Wissen
sollten wir nicht vergessen,
zwischen Punkten
Linien zu ziehen,
geradlinig zu denken;
über allem geradlinigen Denken
sollten wir nicht vergessen,
die Linien zu verbinden,
vernetzt zu denken.
Über allem vernetzten Denken
sollten wir nicht vergessen,
um nicht in der Luft zu hängen,
nach oben zu schauen
auf der Suche
nach dem Aufhänger,
der unser Denken
halten kann.

Neue Energiequellen

Auf der Suche nach
alternativen Energiequellen
aus der Natur, wie
Nutzung der Wind-Sonnen-Energie,
der Wasserkraft
und Wärme aus dem Erdinnern
sollten wir uns auch besinnen
auf unsere inneren, natürlichen,
menschlichen Rohstoffreserven und
Energiequellen, als da sind:
der Treibstoff der Freude,
die Vorstellungskraft der Fantasie,
die Stärke des Glaubens,
der Lebensmotor Hoffnung,
der Stabilisator Geduld und Zufriedenheit,
die menschliche Wärme,
gespeist durch
die größte menschliche Macht:
die Liebe.

Plan mäßig

Man weiß nicht, ob man lachen oder weinen soll, wenn man beispielsweise einiges aus der Verkehrsplanung mancher Städte anschaut, etwa im Zusammenhang mit der sogenannten Verkehrsberuhigung. Verkehrsdichte, Lärm, Luftverpestung sollten durch sie vermieden werden. Das Tempolimit wurde also auf einstimmigen Plan der Verkehrsexperten herabgesetzt, die Straßendecke wurde aufgerissen und erneuert, meist durch Kopfsteinpflaster ersetzt, künstliche Hügel eingebaut, kleine Straßenbiegungen gestaltet und der eine oder andere Pfosten eingesetzt, damit der Autofahrer ja langsam fahren müsse. Alles bestens geplant, aber: Davon abgesehen, daß die Arbeiten eine Unmenge Geld verschlangen, Geld, mit dem man vielleicht doch irgendwie etwas Sinnvolleres für den Verkehr hätte tun können, abgesehen davon, daß sie lange Zeit in Anspruch nahmen, die Bauarbeiten für Luftverschmutzung und Belästigung der Anwohner auf längere Zeit sorgten, es kam noch einiges dazu: Die Autos fuhren jetzt im niederen Gang lauter und abgasreicher als zuvor, die Autofahrer mußten sich auf die Hindernisse der Straße konzentrieren und konnten nicht mehr so sehr auf andere Umstände aufpassen usw. Solche Planungen gibt es immer wieder. Sie sind ein Zeichen dafür, daß man sich sehr häufig ver- und überschätzt, Neben- und Fernwirkungen von Entscheidungen nicht beachtet, irgendwelche Maßnahmen zu stark dosiert oder zu schwach und Voraussetzungen, die man berücksichtigen hätte sollen, nicht beachtet. Dietrich Dörner hat in seinem Buch »Die Logik des Mißlingens« viele Beispiele aufgezeigt, wie häufig Planungen zu Fehl- oder Verplanungen werden. Auf sie trifft dann das »Sevariedsche-Gesetz« zu: »Die Hauptursache aller Probleme sind die Lösungen.« Wenn man die Aktivitäten von allen möglichen Initiativen anschaut, dann hat man den Eindruck, daß man von guten Plänen in bester Absicht geradezu umstellt ist. Dietrich Dörner meint dazu: »Es kommt aber auf die guten Absichten allein nicht an; sie müssen begleitet sein von dem Vermögen, sie zu realisieren. Das Hegen guter Absichten ist eine äußerst anspruchslose Geistestätigkeit. Mit dem Entwerfen von Plänen zur Realisierung der heeren Ziele sieht es anders aus. Dafür braucht man Intelligenz. Die Hochschätzung der guten Absichten allein ist keineswegs angebracht, im Gegenteil! Meines Erachtens ist die Frage offen, ob ›gute Absichten plus Dummheit‹ oder ›schlechte Absichten plus Intelligenz‹ mehr Unheil in die Welt gebracht haben. Denn Leute mit guten Absichten haben gewöhnlich nur geringe Hemmungen, die Realisierung ihrer Ziele in Angriff zu nehmen ... Den Leuten mit den ›guten Absichten‹ fehlt auf jeden Fall das schlechte Gewissen, welches ihre Mitmenschen mit den schlechten Absichten vielleicht doch manchmal ein wenig am

Handeln hindert.« Häufig resultieren Fehlplanungen daraus, daß man zwar einzelne Fakten genau weiß, aber die verschiedenen Fakten nicht mehr in Verbindung bringen kann. Im Hinblick auf neue, vielfältige Probleme unserer Welt hat Frederic Vester ein »Vernetztes Denken« gefordert, welches den vielfältigen Wechselbeziehungen bestimmter Teilsysteme unserer Welt Rechnung trägt. Die Zusammenschau ist auf jeden Fall gefordert. Zusammenschau allein genügt aber nicht, wenn wir uns nur auf einer zweidimensionalen Ebene bewegen. Sehr häufig macht man nämlich den Fehler, sich auf die sogenannte Intelligenz zu verlassen, die aber ihrerseits auch wieder von etwas anderem abhängig ist und nicht losgelöst gesehen werden kann, beispielsweise von einer Ethik oder, ich gebrauche dieses antiquiert klingende Wort in voller Absicht, Herzensbildung. Was uns in unserer berechnungsfreudigen Zeit, die zweifelsohne auch vieles Gute gebracht hat, ein wenig abgeht, ist das Wissen um bestimmte Unberechenbarkeiten, also eine Art Weisheit. Ein Kennzeichen der Weisheit ist, daß sie nicht nur nach dem Wie, sondern vor allem nach dem Warum und Wozu fragt. Mit Hilfe der Weisheit kommen wir nämlich dazu, zu begreifen, daß nicht alles begreifbar ist. Weisheit ist nach einem schönen Spruch geradezu die Fähigkeit, zu erkennen, wann man mit seiner Weisheit am Ende ist. Vielleicht sollten wir uns in unserer so auf Planung spezialisierten Zeit wieder mehr darauf besinnen, in welche größere Zusammenhänge unser Tun eingebettet ist bzw. eingebettet sein muß, und da ist sicher eine andere Dimension des Denkens auch noch gefragt. Von Friedrich Dürrenmatt stammt der bemerkenswerte Ausspruch: »Je planmäßiger die Menschen vorgehen, desto wirksamer trifft sie der Zufall.« Man könnte sich natürlich auch an den lateinischen Spruch erinnern: »Homo proponit, sed deus disponit«, zu deutsch: »Der Mensch denkt und Gott lenkt.«

Überproduktion,
Überfluß,
Überfütterung,
Übergewicht,
Wegwerfgesellschaft,
Wohlstandsmüll,
Einwegdenken.
Wir fahren in der Luxusklasse
... in die verkehrte Richtung.

Wohin wir wollen
und was wir dort sollen,
das wissen wir nimmer.
Doch kommen wir immer
dafür jetzt schon dann
viel schneller dort an.

Auto*schlangen*
von *Ente* übern *Käfer*
bis zum *Jaguar*
mit dem *Tiger* im Tank
Planier*raupen*
auf den Straßen.
Dreckspatzen,
die die Natur versauen,
Schmutz*finken,*
die beim *Grillen*
die schönsten Plätze
ver*hundsen.*
Keine Angst, Naturfreunde,
die Tierarten sterben
nicht aus.

In der Zeit,
als die Vernichtungswaffen produziert
und neue Fernstreckenraketen stationiert wurden,
als die Abrüstungsverhandlungen auf dem Nullpunkt
angelangt waren,
als neue Krisenherde entstanden,
als die Energiekrise immer deutlicher wurde,
als die Umweltzerstörung immer größere Ausmaße
annahm,
in der Zeit, als neunzig Prozent aller Tagesmeldungen
negativ waren,
als Soziologen die Resignation als Grundbefindlich-
keit unserer Zeit bezeichneten,
»No future« zur Parole wurde,
als Angst vor der Zukunft, Angst vor dem Leben
die großen Schlagworte waren,
in der Zeit
entschlossen sich Eltern dazu,
Leben weiterzuschenken,
dem Leben dennoch vertrauend,
und setzten in der Zeit
Zeichen der Hoffnung.

Das von dem vermeintlich
bedeutendsten Meinungsforscher
Graf von Meiningen
geleitete Meinungsforschungsinstitut
meint nach einer Meinungsbefragung
festgestellt zu haben,
daß die meisten der Befragten
keine Meinung haben.

Wo man gegen Gewalttätigkeit bis aufs
Messer kämpft,
die Abrüstung zum Schlagwort macht,
den Marsch für Entspannung bläst,
den Verzicht auf Waffen durchzuboxen
versucht,
notfalls mit eiserner Faust,
mit Gewalt für Ruhe eintritt und
für Versöhnung auf die Barrikaden geht,
da ist die beste Gewähr gegeben,
daß man für einen bombigen Frieden
Gewehr bei Fuß steht.

Ich bezweifle, daß es jemand gibt,
der nicht zweifelt.
Ich zweifle aber auch,
daß es jemand gibt,
der nicht glaubt.
Der Glaubende muß
ob seiner Zweifel
nicht verzweifeln.
Der Zweifelnde
sollte aber auch zweifeln,
ob Zweifel
die letzte Antwort ist.

Wenn so viele Bürger
an Sinn-Mangel leiden,
liegt die Schuld allein
am Sinndefizit unseres Gesellschaftssystems,
das daran krankt,
daß unsere Bürger an Sinn-Mangel leiden,
weil unsere Gesellschaft ein Sinndefizit
aufweist.

Je mehr Ordnungen,
desto ordentlicher
geht's zu.
Da wundert es gar nicht,
daß man es in Ordnung findet,
wenn man zu nichts
Außerordentlichem
mehr in der Lage ist.

Bummel auf dem Jahrmarkt der Sprache

»Am Anfang war allein das Wort«,
so steht's im Evangelium dort.
Aus diesem wurden Worte dann.
Drauf fing es mit den Wörtern an,
woraus die Rede dann entstand,
die im Gerede bald verschwand.
Und dieses wurd' zu guter Letzt
noch zum Geschwafel gar zerschwätzt.
So schritt der Fortschritt von dem Wort
bis zum Geschwafel endlich fort.
Was leider wieder mal beweist,
daß nicht bloß, weil er Fortschritt heißt,
der Fortschritt wirklich einer ist.
So daß zum Ende der Chronist
feststellt ein wenig mit Betrüben:
Ach wär es doch beim Wort geblieben!

Vom Verlust der Sprache

Ausgerechnet unsere Zeit, in der es zum guten Ton gehört, immer mehr Sprachen zu beherrschen, läuft Gefahr, sprachlos zu werden. Was hilft es, noch so viele Sprachen zu sprechen, wenn man nichts zu sagen hat? Die heute nicht zu Unrecht oft beklagte Sprachverarmung hat natürlich eine ganze Reihe von Gründen. Einer davon ist sicher darin zu sehen, daß die einzelnen Worte immer mehr an Bedeutung verlieren. Was heißt das?

In unserer schnellebigen Mediengesellschaft lernt das Kind zwar relativ schnell die einzelnen Worte kennen, sie aneinanderzureihen, aber es wird dem einzelnen immer schwerer gemacht, Worte mit Inhalten zu füllen, das heißt, das, was hinter dem Wort steht, tatsächlich zu erleben, zu erfahren, etwas Konkretes mit dem Wort zu verbinden. Da gibt es zwar in den Bayerischen Lehrplänen einen Grundwortschatz. Die Absicht desselben wird aber durch verschiedene Arbeitshefte pervertiert. Statt daß man, wie es schon der Pädagoge Comenius vorgemacht hat, die Wörter mit Bildern und Erfahrungen füllt, werden Wörter heute teilweise sinnlos eingelernt, indem man auf Arbeitsblättern Buchstaben zu Wörtern ergänzen läßt, Wörter in Lückentexte einfüllt, aus einem Buchstabensalat Wörter bilden läßt, den Schüler schon früh zu einem teilweise sinnlosen Zusammensetzen trainiert, ohne daß er mit dem einzelnen Wort etwas anfangen kann.

Dabei wissen wir doch ganz genau, daß Worte ihre Bedeutung oft erst aus dem Sinnganzen bekommen, daß uns Worte häufig erst in dem Zusammenhang von Lied und Dichtung aufgehen. Ceram hat einmal gesagt: »Die Zukunft der Sprache ist die Formel.« Wie traurig wäre es, wenn wir uns nur noch in Formeln unterhalten könnten, die doch so häufig nur Leerformeln sind. Sprache läßt sich eben nur sehr schwer losgelöst vom Sprecher verstehen. Sollten wir nicht auch immer wieder die Frage stellen, was derjenige, der spricht, zu sagen hat, ob er uns überhaupt etwas zu sagen hat, ob er hinter den Worten steht, den Worten einen Sinn geben kann? Die Sprache ist aber nicht nur die »Kleidung der Gedanken« (Samuel Johnson), sie ist mehr. Sie ist die Erscheinungsform des Gedankens, teilweise auch seine Verleiblichung. Sprache muß immer etwas Individuelles, Persönliches sein. Gefährlich wurde es immer da, wo man dem Menschen bestimmte Sprachinhalte aufzwingt. Wer das Wort und die Sprache beherrscht, beherrscht auch den Menschen.

Nicht zuletzt die Werbung weiß genau um die Bedeutung der Sprache, um etwas durchzusetzen. Es wäre hochinteressant, einmal die einzelnen Umwertungen der Worte, Sprachverengungen usw. im Werbebereich zu untersuchen.

Wieviel aus der Werbung Stammendes verbinden

unsere Kinder und Jugendlichen heute schon mit Grundbegriffen wie »schön« und »gut«!

Auch in mancher modernen Literatur und Lyrik wird – so meine ich – die Auflösung der Sprache systematisch betrieben. Nichts gegen manche mehr oder weniger lustige lyrische Wortspiele beispielsweise eines Jandl. Wohl aber etwas gegen die Manie, nur mehr ein paar Buchstaben und Wortfetzen aneinanderzureihen, möglichst untereinander und klein geschrieben. Soll sich doch der Leser seinen Reim aus diesem Wortsalat machen! Teilweise wurde und wird Unverständliches, einfach Hingewürfeltes als das Nonplusultra des Literarischen hochgespielt und ausgezeichnet. Gehen wir aber einmal davon aus, was freilich nicht immer stimmen muß, daß sich der »Dichter« dabei etwas gedacht und nicht einfach bloß so »undicht« war, daß ihm ein paar Wörter entfallen, heruntergefallen sind, dann stellt sich für mich immer die Frage, wie man den Leser, vor allem aber den jungen Menschen befähigen soll, daß er aus diesem Wortsalat ein Sinnganzes entstehen lassen kann.

Meines Erachtens wird hier der Grundstein zu einer verhängnisvollen Scharlatanerie gelegt. Wo die Worte keinen Sinn mehr haben bzw. nicht mehr zu einem Sinnganzen werden, kommt bei noch so vielen Sprachen, die auch immer man lernen mag, nur eines heraus: Unsinn.

Ein Wissenschaftler, der sieben
ganz dicke Bücher geschrieben,
fühlt selbst von Bekannten
sich niemals verstanden,
und dieses tat ihn betrüben.
Drum schrieb er nun endlich
für alle verständlich.
Doch ist seit der Zeit er
nicht mehr nun leider
als Wissenschaftler erkenntlich.

Ganz einfach

Basierend auf der konzentrierten Aktionspotenz,
variiert die synchrone Tertialkontingenz.
Mit der funktionellen Übergangsphase
konvergiert die Mega-Neutro-Peristase.
Partikular wird ergo reproduziert,
was retroaktiv permanent kollabiert...
Auch, wenn man all das nicht kapiert,
wichtig ist nur, es klingt kompliziert.

Fazit:
Wenn man nichts zu sagen hat,
ist es wichtig in der Tat,
daß man dieses Nichts sodann
unverständlich machen kann.

Mut zur Einfachheit

»Man muß einfach reden, aber kompliziert denken – nicht umgekehrt«, pflegte der verstorbene bayerische Ministerpräsident Franz Josef Strauß zu sagen. Der Erfolg seiner Reden gab ihm recht. Manche Politiker und Scheinwissenschaftler halten aber offensichtlich nichts von diesem Satz. Leider scheinen auch sie mit ihrer Methode immer noch Erfolg zu haben, weil offensichtlich ein merkwürdiger Glauben besteht, daß das, was man nicht versteht, besonders gescheit und anspruchsvoll ist. Das gilt vor allem auch für die Kunst- und Kulturszene. Man kann sich diese »Gläubigkeit« an Unverständliches wohl nur damit erklären, daß eine Vielzahl der Menschen offensichtlich an einem mangelnden Selbstbewußtsein leidet, sich ja nicht blamieren und nicht zugeben will, etwas eventuell nicht verstanden zu haben. Statt daß man sich ein Beispiel an jenem Kind in »Des Kaisers neue Kleider« nähme, das das aussprach, was fast alle dachten, sich aber nicht zu sagen trauten.

Von diesem mangelnden Mut zeugt auch manche Untersuchung, bei der man einen ganz einfachen Text und einen anderen, mit Fremdworten gespickten und mit Bandwurmsätzen arbeitenden, nach seiner Wertigkeit beurteilen ließ. Beide Texte drückten denselben Sachverhalt aus. Resultat: Die einfache und verständliche Fassung fiel mit Bomben und Granaten durch. Rudolf Walter Leonhardt stellt in diesem Zusammenhang fest: »Die Sprache der Wissenschaft neigt dazu, um so unverständlicher zu werden, je leichter das jeweilige Thema in allgemeinverständlicher Sprache behandelt werden könnte. Dann erst nämlich muß um den wissenschaftlichen Ruf gerungen werden, der sich in Deutschland auf nichts so fest gründet wie auf Unverständlichkeit.«

Damit ist nichts gegen eine Fachsprache gesagt, die eine wissenschaftliche Disziplin braucht. »Ein Fachjargon aber, der in Imponiergehabe, Effekthascherei ausartet, grenzt an Hochstapelei und Betrug« (Klaus Peter Müller-Thurau). In diesem Zusammenhang wird immer wieder auf die Übersetzung des einfachen Sprichwortes hingewiesen: »Der Intelligenzquotient des Agrarökonomen ist reziprok-proportional zum Volumen seiner Hackfrüchte« (= der dümmste Bauer hat die größten Kartoffeln).

Ein beliebtes Mittel von der Belanglosigkeit des Gesagten abzulenken bzw. mit vielem nichts zu sagen, sind natürlich auch die sogenannten Schlagwörter, die – von wem auch immer – jährlich neu erfunden werden. Wie auch immer sie heißen mögen: Die Akzeptanz, die Frustration, die Midlife-Crisis, die Selbstverwirklichung, die Betroffenheit, die gesamte Bio-Ware, das Sich-Einbringen, das Feedback, die Frustrationstoleranz, das Sexualobjekt, die Ich-Botschaft, die Innovation, Interaktion, das Minus-

Wachstum. Klaus Peter Müller-Thurau hat in seinem Buch »Über die Köpfe hinweg« eine ganze Reihe solcher Ausdrücke gesammelt, die hochtrabend verständliche deutsche Wörter ersetzen können. Um nur einige Beispiele zu nennen: Die Sehnsucht wird zur subjektiv erlebten Mangellage, der Liebeskummer zum Beziehungsproblem, die Freundschaft zum Sozialkontakt, die Liebe zur emotionalen Fixierung, Lustlosigkeit zur Demotivation und der Unterricht zur themenzentrierten Interaktion.

Zusammenfassend kann man sagen: Eine kompliziert-diffizile Expression verbaler Natur postuliert in Komparation zu alternativen Expressionspotentialitäten das minimalste intellektuell-linguistische Energiekonzentrat, anders ausgedrückt: Nichts ist leichter, als sich schwierig auszudrücken.

Moderne Lyrik

Nun lese ich, verstehen wollend,
schon den dritten Band
neue Lyrik, anerkannte,
verständnislos,
versuche
langsam und immer wieder
den Sinn zu verstehen,
suche Sätze,
Subjekte, Prädikate,
erfolglos
beginne ich,
statt zu lesen,
resignierend
selber zu schreiben,
hoffend erfolgreich
unverstanden zu bleiben.

Versuch

Aus mehreren Wörtern
stelle ich,
aneinanderstellend,
umstellend,
untereinanderstellend,
verstellend,
Zeilen zusammen,
bunt,
kunterbunt,
was kümmert
der Leser uns;
bestell ihm,
er soll sich nicht so anstellen,
er soll doch
Morgenpost lesen
und Jerry Cotton
oder was sonst;
wir stellen jedenfalls
eine Überschrift
über das ganze,
ohne Bezug,
aber stellvertretend,
zweifellos jedoch
literarischen Stellenwert
unterstellend.

Wenn manche Bühnen
mit Abfall,
mit Verfall,
Ausfall,
aber ohne Einfall
Beifall erwarten,
muß man sich nicht wundern,
wenn's ein Durchfall wird.

Wo etwas ist
und doch nichts ist,
ja, wo etwas nur deshalb ist,
weil es nichts ist;
wo etwas nur dadurch
im Mittelpunkt steht,
daß es am Rand steht,
da ist
ein Loch.

Genauerer Blick in die Welt

Unsere Mutter Erde,
Sonne, Mond, Sterne,
Tag und Nacht, Nacht und Tag,
das Jahr,
Werden – Vergehen – Werden:
alles Kreise.
Wir aber schaffen Ecken und Kanten.
Wir konstruieren Vierecke,
Mauern, Wohnblöcke.
Formulare, Fernsehapparate usw.
Wir pressen unsern Lebenskreis
in viereckige Terminkalender,
die uns jener letzten »Schachtel«
immer näher bringen.
Wir schachteln uns ab
und lassen uns verschachteln.
Statt im Familien- und Freundeskreis
unser Leben zu einer runden Sache werden
zu lassen:
Leben für und in Schachteln. –
Ein eckiger Teufelskreis.

Bestimmt schafft's keiner irgendwann,
daß alles, was er will, er kann.
Doch wär nicht auch erreicht schon viel,
daß man das, was man kann, auch will?

Wenn wir uns, ängstlich, nichts mehr trauen,
weil wir nur aufs Gesundsein schauen,
kann's sein, daß aus Gesundheitsstreben
wir ganz vergessen eins: zu leben.

Wirst du von wem mal ernst genommen,
fragst du dich vielleicht ganz beklommen
zum Zeitpunkt, da du dich entfernst:
War's dem im Ernste wirklich ernst?

Im Leben braucht's auch Widerstände,
nicht ständig Lob und Schmeicheln nur.
Wenn alle dir entgegenkommen,
dann bist du auf der falschen Spur.

Ein Mensch, der schlechte Augen hat,
hat seine Kurzsichtigkeit nun satt.
Drum tat zum Optiker er laufen,
um eine Brille sich zu kaufen.
Der Optiker nach kurzer Zeit
die rechte Brille hält bereit.
Damit, gibt er ihm zu verstehen,
wird er die Menschen richtig sehen.
Nach einer Weile kommt der Mann
mit seiner Brille wieder an.
»Gern auf die Brille ich verzicht,
weil ich gemerkt: Es lohnt sich nicht.«

Wehleidigkeit wieder aus dem Lehrplan herausnehmen

Ohne Zweifel hat es zu allen Zeiten in unserem Land Modekrankheiten gegeben. Kennen Sie die neueste? Es ist die des Jammerns. Stellt man nämlich bei einem Gruß die an sich belanglose Frage: »Wie geht's?«, dann bekommt man meist mit Leichenbittermiene geantwortet: »Ja mei«, »Oh, mei«, manche antworten auch mit »Es könnt besser gehn« oder vielleicht mit der Aufforderung »Fragn's mich nicht«. Sogar die Standardantwort »Es geht schon« bekommt man immer seltener zu hören.

»Was ist denn mit euch Deutschen los?« fragte mich jüngst ein Besuch aus dem Ausland. Die ganze Welt weiß, wie gut es euch im Vergleich zu anderen Ländern (noch?) geht, und ihr rennt alle durch die Gegend, als wärt ihr auf eurer eigenen Beerdigung.

Natürlich gibt es auch in unserem Lande Probleme, das sei überhaupt nicht geleugnet. Aber man fragt sich, ob wir damit fertigwerden, wenn das einzige Instrument, das allmählich alle Deutschen beherrschen, das »Trübsal-Blasen« ist. Nun gilt es halt schon seit langer Zeit bei uns als besonders schick, kritisch zu sein, das – ich habe es schon mehrmals geschrieben – von den meisten so verstanden wird, als müßte man alles nur mehr negativ sehen und nur mehr traurig mit seinem Kopf wackeln. Oder, um mit Sigi Sommer zu sprechen, immer so böse und giftig dreinschauen wie ein Magengeschwür und ständig die Unterlippe so weit hängenlassen, daß man fast darüber stolpert.

Auch wenn für viele, die bei uns über die Grenze kommen, Deutschland offensichtlich das Paradies auf Erden ist, kann man wohl mit St. J. Lec sagen: »Wer den Himmel auf Erden sucht, hat im Erdkundeunterricht geschlafen.« Aber ein wenig dazu beitragen, daß immer wieder so ein Stück Himmel entsteht – und das bei den günstigen Voraussetzungen, die nun unser Vaterland allemal bietet –, sollte doch ein Anliegen aller sein. Bei uns aber bekommt man allmählich den Eindruck, als ob wir in einer Produktion auf der ganzen Welt noch führend wären: in der Produktion von negativen Gedanken. Die Pferdesport-Freunde werden es bestätigen können. Noch nie hat ein Roß mit dem Namen »Trübsal« ein Rennen gewonnen. Es wäre also höchste Zeit, daß man das für viele ungeschriebene oberste Erziehungsziel »Unzufriedenheit und Wehleidigkeit« wieder aus dem Lehrplan unseres gegenwärtigen Lebens verschwinden läßt und sich mehr auf ein durchaus kritisches, aber konstruktives Ja besinnt. Da gibt es den schönen alten Spruch, daß man aus den Steinen, die einem in den Weg gelegt werden, auch ein Haus bauen kann. Man kann sich aber auch an den gescheiten Spruch erinnern: »Den Wind kann man nicht verbieten, aber man kann Windmühlflügel bauen.«

Nimmst du einmal, was gestern war,
genau unter die Lupe,
dann merkst du, was grad Stern noch war,
ist dir heut oft schon schnuppe.

Husten, Schnupfen und Gastritis.
Herzbeschwerden und Arthritis,
Ischias, Parodontose,
Rheuma, Asthma, Gürtelrose,
Kopfweh, Zahnweh, Ohrenweh.
Krankheiten gibt's Hunderte,
große, mittlere und kleine.
Doch Gesundheit gibt's nur eine.

Größe, Gewicht, Taillenweite,
Hausnummer, Postleitzahl,
Paßnummer, Steuernummer,
Geburtsjahr, Todesjahr
gezählt, numeriert,
gewogen, gemessen,
vergessen.

Wer seinen Lebenslauf läuft nur
stets auf der Überholspur,
mit einem Ziele ganz allein,
im Leben Erster nur zu sein,
erfährt am Ziel den Lebenslohn:
Er lief dem Leben meist davon.

Ganz paradox im Leben oft
sich der Erleichterung erhofft,
und sie womöglich auch erfährt,
der sich gewichtig wo beschwert.

Wischt einer noch so oft die Scheiben,
wird dessen Blick getrübt doch bleiben,
wenn er vergessen hat inzwischen,
die eigne Brille abzuwischen.

Die Dinge sind auf dieser Welt
nicht einfach uns gegeben.
Es kommt nicht selten darauf an,
wie wir sie selbst beleben.

Oft sind dieselben Dinge es,
oft sind's dieselben Sachen,
die ganz Verschiednes geben her,
jeweils, was wir draus machen.

Ein und dieselbe Blume ist's,
wenn ich mich recht besinne,
aus der die Biene Honig saugt
und Gift entnimmt die Spinne.

Wenn Abschied, Verlust
und Sterben die Welt,
den Menschen, uns selber
in Frage stets stellt,
laß dennoch den Sinn
uns glauben, der ist,
weil Du, Gott, stets sein wirst,
was Du warst, was Du bist.

Die Sternstunde

Der Stern bzw. die Sterne haben für den Menschen seit eh und je eine faszinierende Wirkung gehabt, wie auch immer sie gedeutet und erforscht worden sind, astronomisch oder astrologisch. Schon früh glaubte der Mensch, daß sein Schicksal von den Sternen abhängig sei. In wieviel Gedichten und Liedern hat der Stern seinen Ort, nicht zuletzt in dem so schönen Kinderlied »Weißt du wieviel Sternlein stehen«, in dem auf so einfache Weise die großen Fragen des Menschen auftauchen.

Wie naiv, wird mancher denken, wo wir heute doch durch die fortschreitende Wissenschaft soviel über diese Sternenwelt wissen, daß manche meinen, sie hätten alle Rätsel dieser Welt schon gelöst, bzw. es wäre nur noch eine Frage der Zeit, wann wir den letzten Schleier lüften. Man weiß doch inzwischen wieviel »Sternlein« stehen. Nur mit jeder neuen Erkenntnis taucht ein neues Problem, tauchen neue Rätsel auf.

Da kann man zwar mit Lichtjahren die Entfernungen zwischen den einzelnen Galaxien berechnen, und doch rückt mit dieser Zahl das Berechenbare oft in immer weitere Entfernung. Wir wissen immer mehr, um feststellen zu können, wie wenig wir wissen. Wie war das z. B. mit der Entstehung dieser Welt?

Die Chance, daß sich unser kleiner blauer Stern mit seiner Atmosphäre und seinen Lebewesen entwickeln konnte, war, mathematisch gesprochen, unendlich gering. Und doch hat sich alles so ereignet. Ist also unser Stern doch ein ausersehener, ein auserkorener? Ist es nicht eine der großartigsten und staunenswertesten Erkenntnisse, daß sich innerhalb eines millionsten Bruchteils einer Sekunde alles gegen das Nichts entschieden hat oder entschieden wurde?

Wir sprechen sehr oft von dem Begriff der »Sternstunde«. Dieser winzige Bruchteil der Zeit, von dem die Rede war, war wohl eine Sternstunde, weil sich in ihm das Werden des Alls und der Sterne entschieden hat.

Auch heute gibt es immer wieder Sternstunden, und darunter verstehe ich nicht nur das Entstehen eines neuen Sternes, sondern das Entstehen neuen Lebens, das ein genauso großes Wunder ist. Ist nicht jede Zeugung und die Geburt eine solche Sternstunde, in der in einem biologisch, physikalisch oder chemisch nicht genau faßbaren Zustand ein neues Ich, ein Mikrokosmos entsteht?

Der Christ glaubt, daß Christi Geburt die Sternstunde für die Menschheit war, damals, als der Stern über dem Stall geleuchtet hat und dem Leben über sein Ende hinaus dieses ewige Heil zugesagt wurde. In jener Nacht wurde die Zusage gemacht, daß das Schicksal des Weltalls, aber auch jedes einzelnen nicht die Auflösung, sondern die Erlösung ist. Ein Stern wurde aus der Ewigkeit in der Zeit sichtbar, wurde zum Zeichen, daß nicht das Dunkle der Nacht, sondern das Lichte und Helle, das Heil hinter dem scheinbaren Dunkel des Endes als Vollendung und neuer Anfang steht.

Vom Kern der Weisheit

Das Leben ist voll Fragen,
voll Rätsel ist die Welt.
Und Leben, das heißt suchen,
was wichtig ist und zählt,
heißt suchen nach dem Anfang
und auch nach dem Wohin
und fragen, was uns Halt gibt
in all den Fragen drin.

Im Orient geschah es
vor vielen Jahren schon,
daß dort ein junger König
bestieg den Königsthron.
Er wollte weise herrschen
über sein Volk und drum
versammelt er die Weisen
des Volkes um sich rum.
»Zieht aus«, so sprach der König,
»über das ganze Land
und sammelt alle Weisheit,
die in der Welt bekannt.«

Die Weisen, wie befohlen,
sie zogen weit hinaus
und kamen nach vielen Jahren
mit großer Last nach Haus.

Sie hatten voll geladen
Kamele zwanzig gar
mit Büchern voller Weisheit,
der König aber war
im besten Mannesalter
und sprach: »Die Zeit mir fehlt,
faßt kürzer mir zusammen
die Weisheit dieser Welt.«

Tatsächlich brachten Weise
zurück nach manchem Jahr
dem Herrn fünf große Bücher,
der nun schon fünfzig war.
»Wie soll ich all das lesen?«
so rief er, »macht euch dran,
faßt mir das kurz zusammen,
was ich noch lesen kann.
Schreibt mir aus all den Büchern
in einem Buch, wenn's geht,
die wichtigste Erkenntnis,
worum sich alles dreht!«

Und wieder nach viel Jahren,
da kamen sie zurück,
ein Buch war's nun geworden,
ein Band an Weisheit dick.
Der König, nun ein Greis schon
warf einen Blick auf es:
»Ich bin zu alt zu lesen
dies alles, seid nicht bös!

Nehmt dieses Buch und suchet
daraus, ihr weisen Herrn,
der Weisheit dieser Erde
ganz kurzen letzten Kern!«

Und als sie wiederkamen,
da lag im Sterben er.
»Das haben wir geschrieben
auf einen Zettel, Herr:
›Der Mensch, er wird geboren,
darf leben, und er geht.
Dem Leben Sinn zu geben,
das ist's, worum sich's dreht.‹«
Er nickte: »Kommen, gehen
und leben zwischendrin
und daraus was zu machen,
ist aller Weisheit Sinn.«

Das Leben ist voll Fragen,
voll Rätsel ist die Welt.
Und Leben, das heißt suchen,
was wichtig ist und zählt,
heißt suchen nach dem Anfang
und auch nach dem Wohin
und fragen, was uns Halt gibt
in all den Fragen drin.